O D E S

NOUVELLES.

O D E S

NOUVELLES

ET AUTRES POËSIES,

Précédées d'un Discours sur l'Ode, &
suivies de quelques Morceaux de
Prose.

Par M. SABATIER.

A PARIS,

Chez SEBASTIEN JORRY, Imprimeur-Libraire,
rue de la Comédie Françoise, au Grand Monarque
& aux Cigognes.

DE LALAIN, rue Saint Jacques, près la Fontaine
Saint Severin.

M. DCC. LXVI.

Avec Approbation.

DISCOURS

SUR

L'ODE.

JE ne m'attacherai point ici à définir l'Ode, à peindre ses qualités ; chose inutile, & qu'on répéte tous les jours. Nous apprendroit-on du nouveau, en nous disant que la lumière doit éclairer, le feu bruler, & un torrent rouler ses eaux avec une impétueuse rapidité ? Les genres de la Littérature sont connus, leurs principes déterminés. S'il y a des hommes froids qui regardent l'Ode comme un délire absurde, viendrai-je à bout de leur persuader le contraire en leur citant les belles paroles de Gravina sur Pindare, & tout ce qu'ont dit de l'Enthousiasme l'Abbé Fraguier & l'Abbé Massieu ? Les

A

plus beaux endroits des Poëtes Lyriques n'échaufferoient pas non plus ces ames de glace. Je me contenterai de leur dire avec Ovide, *intra quoque viscera saxum est.*

Je bornerai mes réflexions sur ce genre à deux objets : j'examinerai d'abord pourquoi l'Ode est depuis quelque temps négligée parmi nous ; & je ferai voir ensuite que de tous les Peuples qui cultivent les Lettres avec succès, le François est celui qui a le plus de talent pour ce genre de Poësie.

La Poësie des Anciens est sans doute bien supérieure à la nôtre. Je me représente l'une sous l'image d'Hercule, & l'autre sous celle de Vénus : la force, la majesté, voilà ce qui caractérisoit les Anciens ; les graces, l'élégance, voilà ce qui nous annonce. Les Poëtes du Siécle deLouis Quatorze, admirateurs des grands modéles les retraçoient dans leurs ouvrages. Nous avons adouci leur ton de couleur : ainſi le Guide & Carle Maratte , en prenant un coloris plus clair que celui des grands Peintres du Siécle de Léon Dix , affoiblirent un Art ſublime. Enfin la Poëſie plus timide chez nous n'a pas un champ auſſi étendu. On la reſſerre tous les jours, & elle meſure la carrière au lieu de la parcourir. Ne pouvant plus prendre la moindre liberté, elle ſe contente d'embellir ſes fers ; c'eſt une eſclave qui ſe pare. Comme nous l'avons détournée de ſon véritable objet, elle a appellé l'Art à ſon ſecours. Mais le talent qui régne ſur les paſſions & les maîtriſe à ſon gré eſt préférable à celui de plaire aux ſens : ainſi l'eſpéce de ſervitude à laquelle nous avons réduit la Poëſie a dû s'étendre encore plus ſur l'Ode, l'affoiblir & nous en éloigner. Elle a été ſoumiſe à un goût ſcrupuleux qui, amenant l'examen jette néceſſairement dans les détails & la froideur ; on a attaché le ridicule à ſes fougues, & on ne va pas au grand, quand

on craint d'être trop hardi. L'exacte ré-
ferve à laquelle on l'a condamnée lui a
donc ôté fon intérêt & notre eftime. Auffi
l'avons-nous abandonnée, ou fi elle fait
entendre quelquefois fes fons, elle cherche moins à nous échauffer, qu'à nous
amufer. Elle eft réduite à employer les
reffources d'une Coquette qui tâche de
féduire par les preftiges de l'Art un
Amant qu'elle n'enflamme plus. Mais
c'eft nous, qui en l'écartant de fon vrai but,
l'avons forcée, de prendre ce caractère
déja confacré par la mode dans d'autres
genres.

Quelques Ecrivains, amoureux des ornemens frivoles, ont efféminé, pour ainfi
dire, le goût de la Nation. L'œil accou-
tumé à fe promener fur des objets rians,
n'a plus la force de foutenir l'appareil de
la grandeur, ou d'une horreur majeftueu-
fe. L'ame affoupie par le luxe ne fe ré-
veille que pour lui ; tout ce qui ne lui
en retrace pas l'image, la replonge dans

fon fommeil. Lui offrir des tableaux vigoureux , c'eft préfenter les inftrumens de la guerre à de lâches Sybarites couchés fur des rofes. Ainfi cette élégance molle , à laquelle le Public s'eft attaché , a préjudicié à l'Ode dont le caractère principal eft d'exciter de grands mouvemens & d'offrir des images fortes. Une politeffe étudiée a énervé nos écrits & nos mœurs qui préférent à l'énergie les agrémens faciles à trouver , parce qu'ils ne demandent pour l'ordinaire que du choix. Ce goût eft fi accrédité, que nous ne voyons pas fouvent fur notre Théâtre les Tragédies du fombre & mâle Crébillon. L'Opéra-Comique , fléau de la Poëfie & de la Mufique , attire plus de monde que les meilleurs Drames de Corneille.

Par les raifons que j'ai indiquées, l'Ode anacréontique qui chante l'amour & le vin a plus de partifans que l'Ode pindarique : mais il eft des momens où celle-ci peut fe couronner des fleurs de l'autre.

Aux nuages orageux qui frémiſſent ſur
l'aîle des vents , & qui en ſe heurtant vo-
miſſent le ravage & la mort , elle peut oppoſer l'azur des Cieux , les rayons d'un
jour ſerein qui ſe joue à travers le criſtal d'une fontaine , ou l'image d'une campagne fertile , arroſée par d'agréables ruiſ-
ſeaux. Cette variété doit la rendre plus
intéreſſante , ſurtout ſi elle eſt à propos.
Elle eſt conforme à la nature qui préſente
ſouvent une prairie émaillée des plus
brillantes couleurs aux pieds d'une montagne eſcarpée. Auſſi Homère le premier
& le plus grand des Peintres , après qu'il
a lancé la foudre de Jupiter & entr'ouvert le ſein de la terre , ébranlée ſous le
char brulant de Mars , s'amuſe à former
la ceinture de Vénus , & la même main
qui déchaînoit les vents & les tempêtes, a
manié le crayon voluptueux des Graces.
Les ornemens ne ſont ridicules que lorſque le fond eſt ſacrifié à la forme. C'eſt
ce que font quelquefois nos Ecrivains

dans la Tragédie qui semble encore avoir porté un coup mortel au genre lyrique.

La Tragédie est à présent la branche de la Littérature la plus cultivée, sans être la plus féconde en fruits. M. de Voltaire prêt d'abandonner la carrière y a vu entrer une foule d'Athlétes, inspirés sans doute par ses succès. A peine des Ecoliers ont-ils secoué la poussière des classes, qu'ils s'élancent sur le Théâtre, & s'arment du poignard de Melpoméne. L'amour-propre qui ne présente que des lauriers à cueillir cache toujours la difficulté d'y atteindre. La gloire du Théâtre est sans doute brillante ; elle se répand vîte, & les revers même y donnent de la réputation. La fortune y promet ses faveurs : elle excite & peut multiplier les aspirans ; mais jamais l'amour de l'or n'a produit un bon ouvrage. Enfin quel que soit le motif qui a attiré les autres Muses aux pieds de celle de Corneille, il est certain que l'Ode en a beaucoup souffert.

Pouvoit-elle manquer d'être négligée par des hommes qui n'imaginent pas des honneurs plus folides que ceux qu'on partage avec les Clairon & les Dumefnil?

Mais eft-ce un avantage que toute notre poéfie foit tranfportée fur le Théâtre? Je ne le crois pas. Je penfe au contraire qu'elle y doit perdre, parce qu'elle ne peut fe livrer entiérement à fon effor. La Tragédie qui demande un grand talent, exige moins celui de Poëte, puifqu'elle eft moins fufceptible de Poëfie. Cela eft fi vrai que nous fommes toujours choqués de voir un Auteur faire briller fon talent poëtique, quand nous devons être occupés des perfonnages & de leur fituation. Ces beaux vers dans le grand Corneille,

Semblables à ces vœux dans l'orage formés;
Qu'efface un prompt oubli quand les flots font calmés.

Ces vers, dis je, font déplacés. J'y vois le Poëte, & non Cléopatre poffédée

par la haine & la vengeance. Peut-on
fupporter les images & les comparaifons
que font dans Metaftafe des hommes à
qui la douleur ne permet pas ce langage?
Si Arbace injuftement accufé fe compare
à un vaiffeau qui fans bouffole & fans
voiles eft prêt à faire naufrage, je ne me
repréfente plus un Perfonnage rempli de
fa douleur, mais un Auteur qui s'eft amu-
fé à peindre des maux qui ne l'intéref-
foient pas. Enfin le goût repouffe dans
ces fortes d'Ouvrages ce qui porte l'empreinte du Poëte. Tout doit être marqué
au fceau du malheur qui ne peut s'élancer
avec l'imagination. Si ce genre ouvre un
champ moins vafte à la Poëfie, il ne peut
que l'affoiblir, & l'Ode a dû voir le nombre de fes partifans diminuer à mefure que
ceux de fa rivale augmentoient.

Me fera-t-il permis de m'appuyer fur
d'autres raifons? La Philofophie & les
connoiffances qui en dépendent, par le
crédit univerfel qu'elles ont obtenu, ont

diminué le goût qu'on avoit pour la Poëfie Lyrique. De plus, cet efprit d'analyfe
qui eft le foutien de la raifon, & en même temps la mort du fentiment & de l'i-
magination, a voulu foumettre l'Ode à
une marche mefurée, & en a arrêté l'effor. Cette Philofophie a fait, fans doute,
les plus grands progrès dans notre Siécle,
puifqu'elle a répandu parmi les hommes
l'efprit d'humanité & de bienfaifance, le
goût des Arts utiles, & la haine des préjugés plus funèftes que les vices. Elle a
éclairé toutes les Sciences, ou plutôt elle
a jetté un pont fur l'abîme qui nous en
féparoit. Mais d'une main elle traçoit de
nouvelles routes à l'efprit, & de l'autre
elle pofoit des barrières à l'imagination.
Je fçais que la raifon doit guider l'enthoufiafme, mais fans l'afiervir. Elle doit
lui montrer les précipices & l'abandonner
à lui-même, s'il a la force de les franchir.
Cette raifon qui ne fçauroit être trop févère, lorfqu'il s'agit d'obferver, de difcu-

ter ou d'analyfer , ne doit point porter fa froide rigidité dans les Ouvrages d'imagination. Enfin je ne vois rien de plus oppofé à la raifon , que de lui laiffer prendre des droits qu'elle ne doit point avoir, & la laiffer prononcer abfolument fur des chofes qu'elle blâmera , parce qu'elles ne font point conformes à fon efprit. Si notre façon de penfer dépend de nos affections , il eft rare de bien juger. Je ne prétends donc point fouftraire le genre lyrique aux yeux de la Philofophie : je ne veux que le délivrer du compas dont elle l'embarraffe. En faifant l'analyfe des paffions, elle ne note pas leurs difcours, elle ne foumet pas leurs tranfports à des régles fixes. Il feroit auffi ridicule de l'entreprendre , que de vouloir tracer une route à une flamme dévorante qui fe répand de tous côtés.

Je fouhaiterois qu'un Ecrivain doué d'un efprit jufte , d'un cœur fenfible & d'une imagination vive , nous donnât un

Ouvrage dans lequel il marqueroit la Ju-
rifdiction que la Philofophie doit avoir
fur la Poëfie. Les bornes de l'une & de
l'autre feroient prefcrites. Leurs droits ne
feroient pas confondus. Un tel Ecrivain
ne regarderoit pas comme des extravagances les grandes images, les traits hardis & les écarts qui caractérifent l'Ode. Il
n'exigeroit pas d'un homme qui court agité par un puiffant motif, la tranquillité
d'un homme qui marche pour fe promener.

　Qu'on ne dife pas que l'Ode eft abandonnée à préfent par les mêmes raifons
qui ont plongé dans l'oubli d'autres genres qui nous avoient occupés autrefois.
N'étant point fondée fur la mode, elle
n'a pu en effuyer les révolutions. Je ne
fuis pas furpris, par exemple, que l'Elégie
n'ait pas joui d'une faveur conftante. Ce
genre, quand même il auroit eu de meilleurs Auteurs pour le cultiver, ne devoit pas nous plaire longtemps, parce

qu'il n'a point d'analogie avec notre caractère. Une jolie femme, fi elle eft trifte, férieufe, indolente, ne fera pas goûtée dans un cercle où la gaîté & la joie régnent. On louera fes charmes, & on les plaindra de n'être pas animés par les rayons du plaifir. Un Poëme trifte par fa nature, & qui ne peignoit qu'un amour langoureux entremêlé de foupirs & de fermens d'une tendreffe conftante, quoique malheureufe, pouvoit-il intéreffer une Nation vive, peu fidéle dans fes amours, & qui ne croit pas que les épines de la rofe ajoutent au plaifir de la cueillir?

La façon de penfer, diverfe chez tous les Peuples, varie nos jugemens fur les ouvrages & même fur les vertus. Le Théâtre eft furtout un miroir où ces différences s'apperçoivent. Ce qui feroit fenfation dans un pays manque fon effet dans un autre. Je n'ai point vu applaudir dans le Jaloux défabufé, la Scène où Clélie repouffe l'amour d'Erafte, lui im-

pose silence, & fait l'éloge de la fidélité
qu'une femme doit à son mari. La raison
en est dans l'esprit du François qui regarde comme une simple galanterie l'infidélité faite au devoir conjugal. Si les
idées de la vertu varient chez les Nations, il n'est pas étonnant qu'il y ait
des genres de Littérature, qui, comme
certaines plantes, se plaisent plus sous un
ciel que sous un autre. L'Elégie est donc
tombée parmi nous, parce qu'elle n'é-
toit pas d'accord avec nos mœurs, ainsi
que nos anciens Romans qui ont subi
le même destin ; ou bien l'amour a changé ; & n'étant plus aussi tendre & aussi
délicat, il a fallu le présenter sous les
traits du desir & de la liberté. Mais l'Ode
ne pouvant dépendre de ces idées mobi-
es, n'a encouru sa disgrace que par les
raisons que j'ai apportées ; le fond de
notre caractère n'a point changé, & elle
lui convient essentiellement. La mode, ce
tyran des Arts, lui a porté les plus rudes

coups. Son caprice impérieux met un genre en faveur, & auſſitôt les Auteurs s'y livrent, les talens lui font ſacrifiés, les plus beaux genres ſont abandonnés; & tel qui auroit pu moiſſonner des lauriers dans une carrière grande & périlleuſe, s'amuſe à cueillir quelques fleurs dans un parterre. Ainſi la fureur qu'on a eue pour les portraits a nui à la partie ſublime de la Peinture, je veux dire l'Hiſtoire. Il ne s'enſuit pas de là que nous n'ayons point de talent pour les grands tableaux, & que nous ne ſoyons pas faits pour en admirer le mérite. La mode qui peut influer ſur la façon de penſer, ne peut rien ſur celle de ſentir; elle ne peut faire que l'Ode ne ſoit point conforme au caractère du François. Il lui eſt facile d'en parcourir tous les tons par l'harmonie & la richeſſe de ſa Langue. Les reproches qu'on lui fait d'être indigente, n'ont pu être imaginés que par les premiers Traducteurs. Ces eſprits lents, étonnés de ne pas trouver avec le temps les expreſſions pittoreſques qui font le fruit du moment, n'ont pas manqué de rejetter ſur la Langue la ſtérilité qu'ils n'appercevoient pas en eux, parce que l'orgueil des Traducteurs eſt encore au-deſſus de celui des Auteurs. Il réſulte de tout ce que j'ai dit que l'Ode ne devroit pas être négligée par le François qui l'emporte ſur les autres Nations dans le talent qu'il a pour ce genre de Poëſie.

Il eſt certain que le climat influe ſur l'imagination, & qu'il eſt, pour ainſi dire, un thermomètre qui indique les degrés des talens; & le François reçoit les rayons d'un Soleil favorable qui le pénétre de la chaleur néceſſaire à l'Ode. Placé fous un Ciel ni trop chaud ni trop froid, il n'enfantera point ces images orientales, qui diſent plus qu'on ne doit dire; il ne fera point agité d'un délire forcené qui eſt la fiévre de l'imagination. Il ne donnera pas non plus dans les détails minu-

cieux, reſſource des eſprits glacés qui
peignent les plus petites choſes, parce
qu'ils ne peuvent rien peindre d'une grande manière. Enfin la vivacité, l'impétuoſité font eſſentielles à l'Ode. Ces deux
qualités entrent dans le caractère du
François. Son amour pour les plaiſirs qui
annonce des fibres délicates, une ame
ſenſible, ouverte aux différentes impreſſions, appuye encore mon ſentiment. Je
dirai avec l'Auteur de l'Eſprit des Loix,
que, *comme on diſtingue les climats par
les degrés de latitude, on pourroit les
diſtinguer pour ainſi dire, par les degrés de ſenſibilité.* L'ardeur pour les
plaiſirs ſuppoſe une imagination vive, &
cette puiſſance motrice qui donne du reſ-
ſort à ceux-ci, en eſt animée & embellie
à ſon tour. Les Ouvrages qui réuniſſent le
goût & le génie ont été produits dans des
Siécles où le plaiſir régnoit. Si je voulois auſſi faire dépendre notre talent pour
la Poëſie Lyrique de pluſieurs autres cau-

ſes , je ne ſerois point dans l'embarras. Il
eſt du moins certain que ces cauſes agiſ-
ſent fortement ſur l'ame. Le François entouré de monumens qui portent les marques de la magnificence & de la grandeur
ne peut que s'exciter & s'élever à l'aſpect
de ces merveilles. Il les voit , il n'eſt
plus le même , un eſprit divin s'empare
de lui , & l'enthouſiaſme renfermé dans
ſon ame , s'efforce d'en ſortir avec la rapidité d'une liqueur, qui s'élance d'un vaſe
où elle étoit preſſée. L'action de ces cauſes ſur nous-mêmes eſt immédiate & certaine , & je penſe qu'un Poëte qui écrit
dans la Province, aura une Poëſie moins
noble , moins nourrie d'images que celui
qui écrit dans la Capitale , puiſque celui-
ci eſt continuellement frappé par de
grands objets , qui ſont comme autant
d'inſtrumens qui donnent le ton à ſon imagination. Si on me dit qu'il y a des pays ,
comme l'Italie , où ces cauſes doivent
avoir le même effet , je répondrai qu'ils

n'ont point , comme nous , ce goût qui concourt à la perfection de l'enfemble, ce goût fans lequel le génie n'enfante que des monftres. Que notre Poëfie ne tient-elle au Gouvernement? Ce feroit un motif qui la feroit valoir encore davantage. Quelle vigueur ne prendroit-elle pas dans les refforts qui font mouvoir le timon de l'Etat. Elle pourroit s'élever jufqu'à celle des Anciens. Malgré cela , on convient que leurs Poëtes Lyriques ne font point fupérieurs aux nôtres. Pindare & Horace voyent Malherbe & Roufleau affociés à leur gloire. Si on paffe cette propofition , ne doit-on pas avouer que nous remportons la palme fur les Nations modernes, puifqu'elles n'ont rien à oppofer de comparable aux deux Poëtes que je viens de nommer.

En effet, feroit-ce les Anglois qui nous difputeroient la victoire ? Les plus belles Odes qu'ils pourroient citer font celles de Dryden fur Ste Cécile , celle de Pope sur le même Sujet. Dans celle du premier Timothée régnant sur l'ame d'Aléxandre, & lui inspirant à son gré des affections opposées, est d'une beauté bien lyrique : aussi cette Ode est-elle au-dessus de celle de Pope, pleine, à ce que disent les Anglois, d'une harmonie imitative. En général nos voisins n'ont pas fait passer dans leurs Odes la fierté de leur caractère. Ils parlent à l'esprit, lorsqu'il devroit enflammer l'imagination ; ils mettent de la profondeur, où il faudroit des images.

Les Allemands si connus à présent dans la République des Lettres, peuvent placer, s'ils veulent leur Klopstotk à côté de Milton : mais ils n'ont rien de meilleur à nous opposer dans le genre lyrique que les Odes de M. Haller. Celle sur les Alpes est remplie de grandes beautés & de petits détails. N'est-on pas blessé de voir une nomenclature de plantes, des procédés œconomiques sur la façon de

préparer le lait, de le former en froma-
mage dans un cercle de bois? Enfin cette
Ode eſt-elle aſſez animée, & n'eſt-elle pas
trop longue? On ne peut refuſer des éloges à l'Ode ſur l'éternité du même Auteur. Je ſçais que pluſieurs Auteurs Allemands ſe font encore exercés dans ce
genre. Mais en rendant juſtice à leurs
beautés, je ne puis diſſimuler leurs défauts. Jaloux de peindre la nature dans
ſon berceau, ils ne mettent pas aſſez de
choix dans les nuances qu'ils faiſiſſent ; ils
manquent de force, parce qu'ils détail-
lent trop. Ils croyent être riches, parce
qu'ils parent la même idée de différentes
couleurs. Ils s'efforcent pour étaler des
ornemens, ſemblables à ces bourgeoi-
ſes qui croyent briller, en ſe chargeant
dans un jour de fête de tout l'attirail de
leur parure. Qu'on ne diſe point que l'i-
gnorance de leur Langue m'empêche de
les bien juger. Cela peut être vrai pour
les ouvrages d'agrémens dont le coloris

national fait le principal mérite. Mais les chofes fortes, les grandes idées perdent peu dans une Traduction, étant fondées fur le fentiment qui eft de tous les Pays. Un morceau vraiment éloquent l'eft encore, quoique traduit platement. Les endroits fublimes d'Homère nous enlévent dans la Traduction de Madame Dacier. Enfin fi la beauté eft indépendante de l'art qui veut la parer, elle doit plaire toujours, quelque habit qu'elle prenne. L'Italie qui auroit dû élever le genre dont je parle, à ce ton de grandeur qui lui eft propre, n'a prefque produit que des Stances. Elle a vu fes Auteurs fe traîner fur les pas de Pétrarque, l'Ode n'étoit qu'une froide copie de fes Sonnets. Il fut un modéle révéré à un tel point, qu'on n'ofoit fe fervir que des expreffions & des images qu'il employoit. Ainfi a-t-on vu longtemps les modernes Latiniftes croire atteindre à l'éloquence de Cicéron en copiant fes mots, abus

dont Erafme dans fon Ciceronianus fit fi
bien fentir le ridicule. Enfin l'Amant de
Laure donna des loix qu'on fuivit fervile-
ment. On n'eût ofé chanter l'amour au-
trement que lui. Que pouvoit-on attendre de ces hommes fanatiques admirateurs d'un Poëte ingénieux, mais fans
verve, qui peint un amour fade, & jamais les tranfports de la paffion. Le feul
Chiabrera dédaigna la foule, prit l'effor
de l'Aigle, & alla s'affeoir à côté de la
foudre. Ce Poëte que M. l'Abbé Arnaud
nous a fi bien fait connoître dans le Jour-
nal étranger, étoit capable de foutenir un
vol hardi. Rien de plus animé que fon
Ode à un Prince de la Maifon de Lor-
raine. Avec quelle force il peint les Ti-
tans renverfés fur la pouffière. Apollon
volant fur le Parnaffe, ordonnant aux Mu-
fes qui danfent autour de lui, de prendre
leur lyre, de célébrer les triomphes des
Mortels, tandis qu'il va chanter lui-même la gloire de Jupiter. Son Ode à Jean

de Medicis où il célébre les premiers exploits de fon héros, celle au grand Duc
Ferdinand Second offrent une exubéran-
ce d'images. Mais malgré les éloges dont
il a été comblé, on peut dire que fes
ouvrages lyriques font infectés d'un mauvais goût ; on n'y trouve guères la force
& la grace réunies ; il n'a pas cette marche que le feul Roufseau a fi bien connue. Enfin il a la grandeur de Michel-
Ange , & quelquefois fon gigantefque.
C'eft un Aftre qui jette une vive lumière
à travers les brouillards qui en affoiblif-
fent l'éclat.

Mais quand toutes les Odes que j'ai
citées feroient admirables, peuvent-elles
par leur nombre & par leurs beautés balancer la réputation que Malherbe & Rouffeau fe font faite. N'ai-je donc pas eu raifon de dire que de tous les Peuples qui
cultivent les Lettres , le François a le
plus de talent pour la Poëfie lyrique ?
Ne doit-on pas après cela conclure qu'il

a

à tort de la négliger. J'aurois pu encore, pour mieux établir la supériorité de ma Nation, nommer quelques Auteurs vivans qui se sont distingués dans cette partie.

Mais en louant le talent du François, je souhaiterois qu'il étendît la carrière de l'Ode & qu'il l'appliquât à des Sujets politiques & philosophiques. On me répondra peut-être que ces Sujets ne fournissent pas une si grande moisson d'images. Le Poëte risqueroit de nous réfroidir, parce qu'il ne seroit point échauffé lui-même. Une imagination vive répand la chaleur sur tous ces objets ; il n'est point de Sujet qui ne prête quelque côté à la Poësie, & dans les momens où il s'y refuseroit, l'Auteur l'animeroit ou par des mouvemens, ou par un épisode, qui bien amené pourroit communiquer un plus grand intérêt & donner à l'Ode un ton dramatique qui lui convient. Alors la Philosophie seroit sœur de la Poësie, & leur union bien entendue rendroit les vé-

ritésplus utiles : qu'on ne s'imagine point
que le talent de peindre perdroit à cet
accord. L'esprit philosophique de Fontenelle & de la Mothe pouvoit exclure la
Poësie ; celui de Pope l'aimoit & l'appel-
loit à son secours. Je voudrois surtout
que l'Ode embrassant la politique s'étendît sur les différentes branches de l'Agriculture & du Commerce. Combien ces
objets nous intéresseroient & s'agrandi-
roient lorsque le ton de l'inspiration nous
en persuaderoit les avantages. Tantôt ce
seroit l'établissement d'une Manufacture
qui feroit couler chez nous l'or de l'E-
tranger ; tantôt ce seroit l'utilité d'un
projet qui en augmentant les finances de
l'Etat , répandroit plus d'aisance sur la
partie de l'humanité la plus souffrante &
la plus utile. L'enthousiasme , l'ame des
grandes actions se communiqueroit à la
Nation , exciteroit les Sujets & serviroit
à sa gloire. Tous les héros & les hommes illustres ont été possédés de cet es-

prit. Le grand Condé avoit l'enthousiaſ-
me de Pindare, & Colbert celui d'Horace. Enfin, parlez aux Mortels avec feu,
faites-leur entendre les accens d'un homme inſpiré, & vous êtes ſûr de les entraîner à votre gré. Mais que dans tous vos
mouvemens, la Philoſophie vous éclaire
& vous guide.

Je ne puis m'empêcher de m'écrier ici
contre le reproche fait à Rouſſeau de manquer de Philoſophie. Il n'en cite pas ſouvent
le mot, mais il en a l'eſprit. Il eſt bien éloi-
gré ſans doute de cette Philoſophie qui
ne ſaiſiſſant que des nuances fines & im-
perceptibles, ne ſuppoſe que la ſagacité
& la froideur. Preſque toutes ſes Odes,
ſurtout celle à la Fare, & celle à la Fortune, ſont pleines de Philoſophie, ſans
en avoir l'appareil. Je dirai même qu'elle
régne plus dans ſes Odes que dans celles
de la Mothe qui ſemble l'afficher. Si l'on
ſoutient que celui-ci eſt plus Philoſophe,
parce qu'il a une méthode didactique, j'ai-
merois autant qu'on prétendît que la ſa-

çon de procéder par fyllogifme , eft la plus philofophique. Refufera-t-on le titre de Philofophe à Platon, parce qu'il a employé un ftyle poëtique , & qu'il ne raifonne point en forme concluante. On ne peut pas dire non plus que Roufſeau n'eſt pas fenfible. Je pourrois citer plufieurs Odes où le fentiment eſt peint avec une éloquence touchante. Celle à Philomèle , le Cantique d'Ezéchias , & plufieurs de fes Cantates viendroient à mon fecours. Cette partie ne domine chez lui à la vérité que parce que la plupart des Sujets qu'il a traités n'en étoient pas fufceptibles : ainfi Corneille occupé de grands intérêts ne paroît pas aufſi tendre que Racine qui a facrifié à l'Amour. Mais parce qu'il n'eſt pas fi fouvent tendre , faut-il conclurre qu'il ne l'eſt pas ? Faut-il fermer les yeux fur Polyeucte, où la tendreffe & la délicateffe de l'Amour font fi bien peintes ? Faut-il oublier Othon même où cette paſſion produit de fi belles

chofes dans Plautine & fon Amant. Il ne
feroit peut-être pas difficile de prouver
que Corneille eft plus tendre que fon
rival, qui eft fouvent plus galant qu'a-
moureux. Le premier a regardé la Tragédie fous un point de vue qui devoit
le porter au grand. Rouffeau a de même
envifagé l'Ode fous un afpect qui l'en-
gageoit à facrifier aux images. D'ailleurs
peut-on avoir une imagination ardente
fans être fenfible ? Le cœur n'eft-il pas le
foyer où elle s'enflamme le plus ? En général le fentiment, n'eft-il pas un peu aux
dépens de la Poëfie, & la Poëfie n'eft-
elle pas aux dépens du fentiment ? Or
Rouffeau qui vouloit écrire en Poëte &
en Verfificateur exact, n'a pas trop re-
cherché ce mérite qui eft plus celui du
Sujet que de l'Ode, mérite fouvent dû à
l'incorrection, & qui ne brille qu'à ce titre dans les Odes de Chaulieu où l'Art
l'auroit fans doute affoibli.

Au moins avouera-t-on que notre

Poëte n'eft pas à cet égard inférieur à la
Mothe qui n'a jamais produit une ftro-
phe paffionnée ; mais ce qui eft ridicule
dans celui-ci, c'eft que fes Odes raifon-
nées annoncent fouvent un enthoufiafme
qui , toujours factice , ne s'exprime
qu'avec une emphafe qui ne dit rien ,
finon qu'il avoit des tranfports médités. Cependant à force d'art, il a perfuadé à fes partifans qu'il avoit du génie : il répéte les mots de délire & d'i-
vreffe pour faire croire qu'il étoit agité
d'une fureur facrée. Il reffemble à ces
faux braves qui menacent de leurs épées
& ne parlent que fang & carnage, pour
infpirer l'idée d'une valeur qu'ils n'ont pas.

Eft-il poffible , malgré cela , qu'il fe
foit trouvé des Ecrivains qui comme
Raymond de Saint Marc n'ayent pas rougi
de placer Rouffeau au-deffous de la Mothe. Raymond de Saint Marc , efprit fubtil & froid , devoit naturellement préférer ce dernier. Mais pour juftifier fa pré-

férence, il ne manque pas de prêter à
Rousseau le défaut de son rival, c'est-à-
dire une marche trop didactique. Comment ce reproche & ceux dont j'ai parlé
plus haut, ont-ils pu être renouvellés par
M. Marmontel ? Comment un homme de
beaucoup d'esprit & Poëte n'a-t-il pas
senti le contraire ? Rien n'étoit plus op-
posé au génie de Rousseau qu'une pareille
marche : il lui étoit aussi impossible de
l'avoir, qu'il le seroit à un homme transporté d'une colère violente de parler en
termes mesurés. Aussi je ne vois, je n'é-
prouve chez lui que les fougues d'un délire qu'il a sçu mieux diriger qu'aucun
Poëte. M. Marmontel qui prétend que
son génie étoit dans son imagination, le
lave par là du reproche qu'il lui fait d'ê-
tre didactique; car la Mothe ne l'est que
parce qu'il manque du feu de l'imagination. Il le justifie ensuite du reproche
qu'il lui fait de n'être pas sensible, puis-
qu'il dit lui-même dans son Article sur

l'Elégie que les Poëtes Elégiaques puisent leurs couleurs dans leur imagination, & qu'ils sont plus tendres & plus sensibles à proportion qu'ils s'échauffent davantage l'imagination. Si cette qualité est la source du sentiment, peut-on dire que Rousseau n'en a pas ? Enfin l'accusera-t-on d'avoir une marche didactique, parce qu'il fait naître du sein de l'enthousiasme des réfléxions morales, & qu'il débite alors des leçons aux Peuples & aux Rois. Dans ce cas, il faut faire le procès à Pindare. Dans son Ode sur l'harmonie, dans la seconde des Olympiques, il se répand en réfléxions sur l'envie, sur la nécessité où sont les Rois de faire le bien, & d'éviter les flatteurs, sur les malheurs & les richesses. Or qui accusera jamais Pindare d'être didactique ? Rousseau n'est pas si véhément, lorsqu'il instruit : mais ce n'est qu'une tranquillité momentanée qui n'est point froide. Il est simple qu'il n'ait pas alors un ton si haut. C'est Triptolême qui defcend de fon char pour enfeigner aux hommes des vérités falutaires. Citera-t-on après tout une Ode où cette route compaffée fe faffe appercevoir d'un bout à l'autre ? J'avouerai toutefois que Rouffeau féduit par la réputation des Odes de la Mothe a produit quelques ftrophes dans le goût de ce dernier. Il a fait un inftant violence à fon génie & à fon goût, pour plaire apparemment à un certain Public qui fembloit divinifer la Mothe. Mais je le répéte, il n'a aucune Ode entierement analogue à cette marche qu'on lui reproche. Parce qu'il a huit ou dix ftrophes infeétées de ce vice, faut-il conclurre qu'il eft didaétique ; parce que Boffuet n'eft pas toujours grand, faut-il dire qu'il eft plat ?

M. Marmontel qu'on ne peut contredire qu'avec les égards dûs à fes talens, dit encore en parlant de Rouffeau : il eft celui des modernes qui a le mieux pris le *ton* de l'Ode, furtout lorfque David le lui a donné. Ces dernieres paroles diminuent l'idée qu'on a des autres Poëmes lyriques de notre immortel Auteur. Quand même il n'auroit pas fait ses Cantiques, il n'en seroit pas moins le maître de la lyre. Pour moi je l'admire plus dans ses Odes profanes que dans les sacrées qui ne sont que des Stances nobles & touchantes sur Dieu & ses attributs. Les premieres m'offrent des mouvemens plus variés & surtout un beau plan, le premier mobile de l'imagination. Les dernières ne sout que les effusions d'un cœur qui exprime ses sentimens. Les unes sont de grands tableaux, & les autres n'en sont que des parties. C'est précisément parce qu'alors il ne doit qu'à lui seul sa force & sa grandeur. Le génie ne déploye jamais mieux sa vigueur que lorsqu'il marche sans appui. Enfin que l'on compare sa plus belle Ode sacrée avec celle sur l'armement des Turcs, & ma proposition sera démontrée. Au reste dans tous ses ouvrages il prend le ton de la plus haute Poëfie : il peut toujours dire avec Sénéque : *Sacer nobis ineſt Deus.*

Il eſt des choſes auſquelles nous donnons la préférence ſur d'autres, ſans trop examiner le motif qui nous y détermine. L'attention qu'on a de mettre les Odes ſacrées entre les mains des enfans qui les apprennent par cœur, notre reſpect pour Dieu & ſon culte qu'elles célébrent, ont contribué ſans doute à les placer au-deſſus des autres. Quel motif encore a fait regarder l'Ode à la Fortune comme la plus belle, ſinon à l'eſprit d'humanité qui y régne ? Elle nous peint avec les couleurs les plus odieuſes les Conquérans, c'eſt-à-dire, les Auteurs de nos miſéres, & nous l'aimons comme une piéce faite en notre faveur. Mais ce Poëme eſt-il le plus beau de ceux de Rouſſeau ? Je ne le penſe pas ; & il y a plus de génie dans pluſieurs Odes du même Auteur. Et c'eſt à ce cachet qu'on doit reconnoître le plus grand mérite. Je ne pouvois guères parler de l'Ode, & de l'oubli auquel on l'a condamnée depuis quelque temps, sans dire que le François avoit un talent décidé pour ce genre. Ce fil devoit naturellement me conduire jusqu'à Rousseau celui qui a le mieux manié la lyre , & en a tiré les sons les plus mâles & les plus harmonieux. J'avoue que je suis plein d'estime pour lui , & qu'elle m'a forcé à le justifier. Je n'ai pourtant point la prévention aveugle d'un Amant. Si Rousseau a des défauts, comme je le crois, il faut les relever ; mais après avoir rendu justice à son talent. Les taches des Auteurs illustres ne doivent être nommées qu'après leurs beautés. Enfin si le Poëte que je défends s'assoupit quelquefois, c'est du sommeil d'Homère. C'est Apollon qui descend du Parnasse, & se repose au pied du mont sacré.

ODES NOUVELLES

LIVRE PREMIER.

L'ENTHOUSIASME.

ODE I.

Animé d'une noble audace ;
Je cede à mes tranports brûlans ;
La route que la raifon trace
Fut toujours l'écueil des talens.
Souveraine de l'harmonie ,
Ivreffe, mere du génie ,
Épuife fur moi ta fureur,
Quel accès violent m'agite ?
Il m'embrafe, un Démon l'excite ;
Tous mes fens ont frémi d'horreur.

❀

Ainsi s'élance la Bacchante ;
Le Thyrfe en main , les yeux troublés
Le Cythéron qu'elle épouvante
S'ébranle à fes cris redoublés :

Ainſi dans les fêtes célèbres
Où, ſous le voile des ténèbres,
Cérès inſpiroit les mortels ;
Effrayés du bruit du tonnerre,
Et des tremblemens de la terre ;
Ils tomboient aux pieds des autels.

Tu fis les Dieux, ſacré délire ;
Les murs s'élèvent à tes ſons ;
Tu ſais de l'Enfer qui t'admire
Treſſaillir les cachots profonds ;
De Mars tu ſouffles les allarmes,
Alexandre court, vole aux armes ;
Le courage, c'eſt ta chaleur.
Sparte dans ſes revers ſommeillé ;
Quel chant * la frappe ? elle s'éveille ;
Tout ſuccombe ſous ſa valeur.

Rival de l'Auteur qui fit naître
Le monde du ſein du cahos,
Ton pouvoir fécond donne l'être
Aux objets à ta voix éclos.
Des tombeaux tu perces l'abîme
La cendre éteinte ſe ranime,

* *Tyrthée.*

Les obstacles te font des jeux.
Quand tu t'échappes, c'est ce foudre
Qui réduit les remparts en poudre
Dans l'instant qu'il vomit ses feux.

C'est dans les flots de cette ivresse
Qu'Homere trempe ses pinceaux ;
C'est, quand cette fureur le presse,
Qu'il enfante ses grands tableaux.
Ici, quel bruit ! les Cieux s'écroulent ;
Sur ma tête les vagues roulent ;
La nuit règne avec le trépas.
Là, Mars fait fumer de carnage
Les champs, consternés du ravage
Des fléaux courans sur ses pas.

Soins assidus, lente culture ;
Que pouvez-vous sans ces transports ?
Les simples jeux de la nature
De l'art surpassent les efforts.
La gloire n'a qu'un foible empire ;
Ceux que l'enthousiasme inspire,
En Dieux se trouvent transformés ;
Ils s'arment de la foudre, ils tonnent ;
Mortels, ces traits qui vous étonnent
Partent de leurs cœurs enflammés.

DIEU, d'un souffle de sa puissance
Avoit créé les élémens ;
Des Cieux tremblans à sa présence,
Il dirigeoit les mouvemens.
D'un vaste océan de lumière
Sa main inonda la carrière
Des mondes flottans à son gré ;
Et, par ce spectacle sensible,
Il s'annonce, il paroît visible
A l'œil de sa gloire entouré.

❀

DU devoir exempt de contrainte
Les mortels goûtoient les plaisirs :
Ils ne ressentoient point l'atteinte
Des besoins nés de nos desirs.
Bonheur de l'esprit, doux mensonge ;
Alors vous n'étiez point un songe :
Que manquoit-il donc à leurs vœux ?
Talens fertiles en prodiges,
Le jour, qu'enfantent vos prestiges,
Ne brilloit point encor pour eux.

❀

ENFIN sur le trône du monde
Minerve veut placer les arts.
Les ombres d'une nuit profonde

Vont difparoître à leurs regards.
Mais, dit-elle, ô raifon bornée,
Dans tes entraves enchaînée,
Qu'es-tu capable de tenter ?
Qu'au feu du ciel tu fois unie ;
C'eft à la flâme du génie
Qu'appartient le droit d'inventer.

❀

TERRE, éveille-toi ; la Déeffe
Vient éclairer tous les humains :
La gloire à la fuivre s'empreffe ;
Tenant des lauriers dans fes mains.
Du Soleil les Courfiers s'arrêtent ;
Les heures en riant s'apprêtent
A femer de rofes fon cours.
Sur les aîles des vents portée,
Elle defcend chez Prométhée,
Qu'elle embrafe par ce difcours.

❀

VIENS donner une ame nouvelle
Aux mortels à l'erreur foumis ;
Du feu du ciel qu'une étincelle
Pénètre leurs fens endormis.
Viens ; la gloire fuit le courage ;
Déjà je vois à ton ouvrage

Applaudir le monde animé.
Quels temples on va te conftruire !
Faire penfer l'homme, l'inftruire,
C'eft pius que de l'avoir formé.

EMPORTÉ d'un effor rapide,
Promethée atteint le féjour
Où le Roi des faifons préfide
Aux mois qui compofent-fa court
Il ravit la flâme divine,
Brillante & féconde origine
De tant de prodiges divers :
Tout s'embellit dans la nature,
Des arts la magique impofture
Fait éclore un autre Univers.

AU cifeau le marbre flexible
Du Ciel fait defcendre les Dieux ;
L'art fur une toile fenfible
Rapproche les tems & les lieux.
Oüvrages vainqueurs de l'envie,
Ce feu vous a donné la vie ;
Il forma vos traits les plus beaux :
Ainfi, du Soleil l'influence
Produit par fa vive puiffance,
Le plus précieux des métaux.

QUELS tranfports, Rameau, fais-tu naître !
Que tes accords font raviffans !
Ton talent qui commande en Maître
Par des fons peint tout à mes fens.
Tantôt l'enfer s'ouvre , & des ombres
J'entends gémir les antres fombres ,
La douleur s'agite & rugit :
Tantôt tu fais tonner l'orage,
Et l'Onde , écumante de rage ,
Frappe en grondant l'air qui mugit.

MAIS quoi ! la févère Uranie
Soumet le délire au compas ;
Les yeux abattus , Polymnie
Mefure , en marchant , tous fes pas !
Tranfports de Pindare & d'Horace,
Faut-il donc que l'art vous remplace ?
D'un torrent force-t-on les eaux ?
Les chênes, voifins du tonnerre
Aux foins qui cultivent la terre
Doivent-ils leurs pompeux rameaux ?

LA nature dans fes miracles
Renverfe l'ordre de fes loix ;
Lorfqu'Apollon rend fes Oracles ,

Regle-t-il les sons de sa voix?
Esprit divin, fureur sacrée,
Ah! si dans mon ame inspirée,
J'éprouvois vos accès fougueux,
Je peindrois LOUIS, ses merveilles,
Si les Rois méritent nos veilles,
C'est quand les peuples sont heureux.

PARMI les plaisirs, l'abondance
Sur nous ouvriroit ses canaux;
Soumis aux destins de la France,
Le tems lui céderoit sa faulx.
Le Louvre reprendroit sa gloire;
Sur des bords chéris, la victoire
Eléveroit un temple à Mars.
Les Ligues seroient étouffées,
Assise au milieu des trophées,
La paix couronneroit les Arts.

D'où naît l'ardeur qui me transporte?
Vais-je donc braver les éclairs?
Un tourbillon de feu m'emporte
Dans les vastes plaines des airs;
Sous mes pieds les Mers disparoissent:
Les fronts des montagnes s'abaissent;

La terre se cache à mes yeux.
Entouré des vents, des orages,
Sur un char je fends les nuages,
Et dejà je suis dans les cieux.

Je vois un Dieu dont la couronne
Brille des plus vives couleurs ;
Le chœur des Muses l'environne ;
Les Graces le parent de fleurs,
Toute la Nature en silence,
Prête l'oreille à la cadence
De ses accens mélodieux ;
A ces accords, à leur empire,
Rousseau, je reconnois ta lyre ;
C'est à toi de chanter les Dieux.

LA POPULATION.

ODE II.

JE parcours ma Patrie & sa vaste étendue;
De la stérilité dans son sein descendue,
    Tout me trace les maux ;
Sa force diminue , & sa splendeur s'efface ;
Près de quelques berceaux, que le trépas menace,
    J'apperçois cent tombeaux.

Dans ces tems où grondoient nos discordes civiles;
Dans ce siécle de deuil , nos Campagnes,nos Villes
    Comptoient plus d'habitans,
Cette terre féconde , au milieu des ravages,
S'animoit sous un Dieu , qui, malgré les orages,
    En échauffoit les flancs.

La France , cependant alors moins affermie;
N'avoit pas étendu , sur sa force endormie,
    L'empire de nos Rois.
Vous n'aviez pas encor fléchi sous la victoire;

Vous, immenſes pays, que les mains de la Gloire
    Ont ſoumis à nos loix.

❄

Le luxe plus cruel que la guerre & la peſte,
N'avoit pas infecté de ſon ſouffle funeſte
    Les mœurs de nos ayeux.
Attachés à l'Hymen, jaloux de ſes délices,
Ils n'auroient pas oſé profaner par des vices
    Le plus ſacré des nœuds.

❄

D'un divorce poli les adroites maximes,
N'avoient pas étouffé du plus affreux des crimes,
    La honte & les remords.
Leurs plaiſirs s'uniſſoient à des vertus ſévères :
Par des enfans nombreux, fiers d'imiter leurs peres,
    Ils comptoient leurs tréſors.

❄

Sitôt que de l'amour les éloquentes flammes
Leur faiſoient éprouver le beſoin de leurs ames
    Par des tranſports nouveaux.
Ils couroient à l'autel conſacrer leur tendreſſe,
Et l'Hymen amoureux, aux yeux d'une maîtreſſe,
    Allumoit ſes flambeaux.

❄

Mais l'Hymen avili n'eft qu'un Dieu mercenaire,
L'épouse la plus riche eft celle qui doit plaire ;
  L'or feul peut nous charmer.
Des peres inhumains maximes tyranniques !
Quoi ! vous ofez foumettre à des calculs iniques
  Le doux plaifir d'aimer !

Quelle poftérité ne doit-on pas attendre
De deux Epoux unis par le nœud le plus tendre
  Du cœur & de l'efprit ?
La plante qui s'élève en rameau floriffante,
Tient fa fertilité de la vertu puiffante
  Du fol qu'elle chérit.

Ah ! c'eft l'Amour lui feul qui doit peupler le monde,
Il eft le créateur des Etres qu'il féconde,
  De fon fouffle brûlant.
Les enfans de l'Amour font beaux & pleins de force,
Ceux qu'il n'a point formés n'ont qu'une foible
  écorce
  Qui couvre un corps tremblant.

Quoi ! l'amour conjugal n'eft-il donc plus qu'un
 crime ?

        On

On rougit de fes feux ; fous l'erreur qui l'opprime,
    Il gémit abbattu.
Infame préjugé, qui parmi nous circule,
Faut-il que la vertu fe change en ridicule,
    Et le vice en vertu ?

※

Jouet d'un vil defir que le caprice augmente,
Ce mortel que chérit une Epoufe charmante,
    Méprife fes appas,
Et, payant des plaifirs où la honte le guide,
Court dans les bras trompeurs d'une Laïs perfide
    Acheter le trépas.

❀

Viens donc voir, malheureux ! ton époufe éplorée,
Entends-tu les foupirs d'une ame déchirée,
    Qui reclame ta foi ?
Elle te dit : Cruel ! viens effuyer mes larmes,
Déjà mon défefpoir auroit flétri mes charmes,
    S'ils n'étoient pas à toi.

❀

Vous êtes plus cruels, vous, époux inutiles,
Qui, contens d'un feul fils ofez être ftériles,
    Jaloux de l'enrichir.
Vous qui, préoccupés de fa grandeur future,
Dans vos embraffemens, arrêtez la Nature,
    Et trompez fon defir.

C

Mais ce fils qui devoit, comblant votre espérance,
Peut-être soutenir un nom cher à la France,
  Disparoît à vos yeux.
Le trépas vous l'enlève, & détruit votre ouvrage,
Quand les rides du tems, ou le libertinage,
  Ont épuisé vos feux.

❀

Ainsi punit le Ciel, peres inexorables;
Qui traînant à l'autel des enfans déplorables,
  Précipitez leur sort.
D'un zéle intéressé fanatiques Apôtres,
Qui, pour le bien d'un seul, osez frapper les autres
  Du glaive de la mort.

❀

A quoi servent encor ces veuves imprudentes,
Qui, souvent d'un amant maîtresses dépendantes,
  Prônent la liberté ?
Et ces Atis unis à de vieilles Cibèles,
Qui, sans porter des fruits, veulent fixer pour elles
  Les ardeurs de l'Eté ?

❀

O loix! de nos abus arrêtez les exemples;
Diminuez enfin le nombre de ces Temples
  Aux Muses élevés;
Lieux qui de la molesse asyles favorables,

Immolent au repos des sujets innombrables
A nos champs enlevés.

❀

Sur tous les Citoyens répandant l'opulence,
Etablissez entre eux cette juste balance,
Sûr appui des Etats.
Entretenir, fixer l'abondance publique,
C'est, suivant les calculs, fruits de la politique,
Multiplier les bras.

❀

Loix saintes, sous vos coups que la licence expire !
C'est à l'ombre des mœurs que s'étendra l'empire
De l'Hymen respecté.
Ah ! réformez aussi ces droits qui, trop sévères,
Enrichissent l'aîné pour étouffer ses frères
Et leur postérité.

❀

Si l'Hymen délaissé languit dans l'esclavage,
De son cruel tyran, du luxe qui l'outrage,
Repoussez les affronts.
Faites aimer par-tout sa puissance affermie,
Et que le célibat soit comme une infamie
Empreinte sur nos fronts.

Nous verrons ces mortels qui vivent pour eux-
mêmes,
De leur indifférence abjurer les systèmes,
Qu'un faux orgueil chérit ;
Frivoles Citoyens que leurs jours déshonorent,
Arbres infructueux, & qui pourtant dévorent
Le sol qui les nourrit.

❁

L'agriculture alors épanchant ses largesses,
Reprendroit sa vigueur, pour combler de richesses
Ses Sujets triomphans.
Renais de tes débris, Souveraine du monde,
Sois l'appui de la France & la mère féconde
D'innombrables enfans.

❁

Hélas ! tu crains pour eux le joug de la misère ;
A l'aspect de leurs maux, une douleur amère
A desséché ton flanc.
Pouvois-tu voir l'orgueil, les accablant d'injures,
Se plonger furieux dans leurs larges blessures,
Pour mieux puiser leur sang ?

❁

O Laboureurs ! qu'insulte une grandeur cruelle,
Par d'utiles travaux vous méritez mieux qu'elle,
Les titres glorieux.

Eh ! que font près de vous les Héros de la guerre ?
Ils font, par leurs exploits, les fléaux de la terre ;
　　Vous en êtes les Dieux !

❀

Ah ! puiffent vos tréfors, dans des routes faciles,
Promener leur commerce exempt des loix ferviles,
　　Qui lui donnent des fers !
Oui, cette liberté, couronnant vos fatigues,
Peut changer les marais en des plaines prodigues ;
　　Et peupler les déferts.

❀

Dès que l'Anglois fuivit ces maximes prudentes,
Le befoin difparut, des moiffons abondantes
　　Jaunirent fes guérets ;
Et d'un joug ruineux Albion affranchie
A vû multiplier de fon Ifle enrichie
　　Les biens & les Sujets.

❀

Ah ! fi de nos befoins nous étendons la chaîne ;
Ah ! fi l'or nous enflamme, une mine certaine
　　N'attend que nos efforts.
Cérès, viens par ton luxe embellir ma patrie,
Qu'à l'afpect de tes dons, tout un peuple s'écrie :
　　Voilà nos vrais tréfors.

C iij

LA BEAUTÉ.

ODE III.

VAINQUEURS ambitieux, dont la valeur s'élance
Pour frapper les mortels qu'épouvantent vos loix,
N'êtes-vous pas heureux, quand la terre en silence
    Tremble au récit de vos exploits?
Non: l'amour vous soumet, il foule vos trophées:
Par les mains de ce Dieu vos foudres étouffées
    Laissent respirer l'Univers.
Pleurez, tombez aux pieds de votre Souveraine
    C'est la Beauté qui vous enchaîne;
Elle parle, & le monde est vengé de vos fers.

Déesse, dont la voix nous donne un nouvel être
Tu forças en tout temps l'hommage des mortels:
Tu vis les mœurs changer, & les Arts disparoître,
    Immobile sur tes autels:
Malheureux! qui pour toi n'a pû verser des larmes,
O Déesse! le cœur insensible à tes charmes
    Pourroit-il être généreux?
Tu dissipes souvent l'erreur qui nous égare,

Et l'homme stupide , ou barbare ,
Eſt celui que jamais n'embraſerent tes feux.

❀

Alcide , en reculant les bornes de la terre ,
Pour étendre ton culte affronte les haſards ;
Et Théſée aux Tyrans ne déclare la guerre ,
    Que pour s'attirer tes regards.
Aux monſtres rugiſſans victime abandonnée ,
Andromède gémit ſur un roc enchaînée ;
    Ses cris appellent un vengeur.
Que le ſecours eſt prompt quand la Beauté l'implore!
    Le fils de Danaë l'adore ,
Il court, le péril ceſſe & l'Amant eſt vainqueur.

❀

O France ! à tant d'exploits, dont l'éclat t'envi-
    ronne ,
Ce génie animoit tes braves Chevaliers ;
Les Dunois, les Gueſclins, ces enfans de Bellone ,
    A l'amour portoient leurs lauriers.
Ah ! dans ces temps l'Amour, maîtriſant la Victoire,
Couronnoit les guerriers , & ſous l'œil de la gloire ,
    Ils obtenoient le nom d'Amant.
Dans les champs de l'honneur comme Pallas armée,
    Que la Beauté guide une armée ,
Et le Sort n'oſera balancer un moment.

Eh ! pourquoi refpecter ce préjugé funefte ,
Qui veut l'enfevelir dans l'ombre du repos ?
Mortels, pourquoi vous feuls, par un titre célefte,
    Auriez-vous les droits des Héros ?
Ainfi de nos vainqueurs nous faifons des efclaves !
De ce fexe enchanteur d'odieufes entraves
    Rendent l'effor infructueux.
Ce ruiffeau qui s'enfuit dans le cours qu'on lui trace,
    Loin des bords fleuris qu'il embraffe ,
Eût promené fes eaux , fleuve majeftueux.

❋

Hélas ! à des talens que notre orgueil redoute ,
Par de bifarres loix nous ouvrons un tombeau ,
Pour forcer la Nature à fuivre une autre route ,
    Nous en éteignons le flambeau !
Eh ! comment voulez-vous que la beauté timide ,
Oifive par devoir , puiffe d'un vol rapide
    Atteindre nos lauriers brillans ?
Quand nous la deftinons aux fleurs qui la couronnent,
    Quand tous les jeux qui l'environnent ,
De fon fécond génie arrêtent les élans.

❋

Ce neft point dans les champs, embellis par l'au-
    rore ,
Que fe forme la foudre & les brûlans éclairs ;

L'aigle altier, amolli dans les jardins de Flore,
 Eût perdu l'empire des airs.
Au seul desir de plaire Elise abandonnée,
N'eût point, de ses Etats fixant la destinée,
 Entrepris de nobles travaux.
Carthage en s'élevant menace l'Italie;
 Et l'ombre de Didon ttahie
Erre autour d'Annibal & guide ses drapeaux.

❁

Quand Saturne voulut, de l'homme encor sauvage
Plier au joug des loix l'indocile fierté,
Du bonheur de la terre il commença l'ouvrage ;
 En faisant naître la Beauté.
La Cour des immortels chez Thétis descendue,
Vit du sein de la mer, dans son cours suspendue,
 Éclorre l'objet de nos vœux.
Dans le char des amours Vénus sortit de l'onde;
 Et jusqu'aux limites du monde
Cette voix retentit : mortels soyez heureux.

✺

Borée alors, charmé des appas d'Orithie,
Abandonna les airs au souffle du Zéphir;
Et Phœbus enflammé par les yeux de Clitie,
 Lançoit les rayons du plaisir.
Dans ces temps la Beauté, fille de la Nature,
       C v

Sur cet art dangereux qu'étale l'imposture,
  N'établissoit point son pouvoir ;
Compagne des vertus, elle ne touchoit l'ame,
  Que pour la remplir d'une fiâme,
Dont l'ardeur bienfaisante inspiroit le devoir.

❀

  Mais sitôt que du Styx entr'ouvrant les abîmes,
La Licence eut vomi les desirs effrénés,
Escortés des Fléaux, on vit fondre les crimes
  Sur les Elémens déchaînés.
Quelle ardeur te dévore, ô ! fille de Cinire !
Le char du Dieu du jour, dont la lumiere expire ;
  Recule indigné de tes feux.
Hélène ! quels malheurs vont signaler tes charmes ?
  Le trépas, le deuil & les larmes,
Seront de ta beauté les tributs douloureux.

❀

  La discorde a mugi : déjà Troye enflammée
N'est plus qu'un tourbillon qui roule dans les airs.
Le sang coule, & de morts cette plaine semée
  S'abîme & les rend aux Enfers.
Quel spectacle effroyable ! Entendez-vous Cas-
  sandre,
Sur un monceau fumant de sa patrie en cendre,
  Frapper les Cieux de cris perçans ?

Les cheveux hériffés & couverts de pouffière,
　　Des temps elle ouvre la barrière,
Et d'une voix lugubre exhale ces accens.

　　O fatale Beauté ! quel démon fur tes traces,
Du Tenare irrité déchaîne les horreurs ?
Le glaive de Mégère eft dans les mains des Graces,
　　L'Amour eft le Dieu des fureurs.
Quel eft ce Roi meurtri renverfé de fon trône ?
Barbare Clitemneftre ! Eh quoi ! le Ciel qui tonne
　　Ne tient pas ton bras fufpendu ?
Et toi, Sémiramis ! Toi, Reine forcenée,
　　Du fang de ton époux baignée,
Tu le traînes mourant à tes pieds étendu !

　　Je vois Scilla trahir fon père, fa patrie ;
Et fuivre de Minos les drapeaux triomphans.
L'Amante de Jafon, implacable Furie,
　　S'arme, elle immole fes enfans !
Eh quoi ! le doux Zéphir enfante-til l'orage ?
Les ris, l'œil menaçant étincelent de rage,
　　Les plaifirs creufent des tombeaux ?
La Beauté n'eft jamais que la vertu parée.
　　Et doit-elle être révérée,
Dès que de la Difcorde elle tient les flambeaux !

Quelle Reine à la Cour appelle d'un fourire
L'Amour qui dans fes mains remet fes traits vain-
   queurs ?
Parmi les jeux rians que fa préfence attire,
    Un ferpent fe couvre de fleurs.
C'eft Cléopâtre ! ô Ciel ! que d'Amans elle en-
   chaîne !
Antoine, fuis fes yeux ; fuis l'abîme où t'entraîne
    De tes feux la trompeufe ardeur.
Tu combats : Actium enfevelit ta gloire ;
    Octave te doit la victoire,
Et va fur ta foibleffe élever fa grandeur.

Que vois-je ? de Thémis l'Amour brife l'égide.
O timide Vertu ! quel fera ton appui ?
Vénus fe montre, parle, & le crime intrépide
    Echappe au fer levé fur lui.
Victime des defirs qu'un regard fait éclorre,
L'Innocence à genoux des forfaits qu'elle abhorre,
    Subit la honte & le tourment.
Mais des Dieux irrités la vengeance implacable
    Punira la Beauté coupable,
En bornant fa durée à l'éclat d'un moment.

Eh quoi ! cette Beauté, Reine autrefois altiére,
Rampe dans l'efclavage en proie à des tyrans ;

La Terreur veille autour d'une affreuſe barrière,

    Qui garde ſes appas mourans !

Feignant tous les deſirs qu'un maître lui commande,

Sans éprouver l'amour qu'un barbare demande,

    Elle ſe proſterne à ſa voix.

Dieux ! vengez ſes affronts, votre gloire eſt la même ;

    Et que ſa puiſſance ſuprême,

Dans un climat chéri faſſe entendre ſes loix.

Mes vœux ſont exaucés ! un Héros de ma race,

Francus d'un vaſte Etat jette les fondemens ;

La valeur l'acompagne, & le Deſtin lui trace

    De la Seine les bords charmans.

D'un peuple généreux dans ces lieux adorée,

La Beauté bienfaiſante & des graces parée,

    Embellit tout de ſes regards :

Eléve des talens que ſa préſence inſpire,

    Elle en ſoutient l'aimable empire ;

Le régne des amours eſt celui des beaux Arts.

L'AMOUR DE LA PATRIE.

A Monsieur le Duc de Fitz-James, Chevalier des Ordres du Roi, Lieutenant-Général de ses Armées, Colonel du Régiment Irlandois de Berwick, Infanterie, Commandant en Chef pour le Roi dans le Languedoc, & sur toutes les côtes de la Méditerranée.

ODE IV.

Lorsque ces fiers tyrans des bords de Cilicie
Porterent l'épouvante aux rives d'Italie,
Et sous leurs pavillons faisoient courber les eaux
De ses vrais intérêts Rome entière occupée,
    A la voix de Pompée
Fit voler sur les mers d'innombrables vaisseaux.

    On vit les Citoyens à leur mere commune,
Par l'amour réunis, prodiguer leur fortune :
Cet accord enfanta des succès éclatans ;
Et de leurs ennemis les troupes consternées,
    Dans les flots entraînées,
Semerent les écueils de leurs débris flottans.

    O France ! tes enfans qu'un même zèle anime ;
Retracent à nos yeux cet exemple sublime,

Et déjà les forêts defcendent dans tes ports.
L'Onde à regret captive appelle ton courage :
     Va , cours , porte l'orage ,
Et d'une ifle orgueilleufe ofe embrafer les bords.

    D'un Miniftre éclairé l'active prévoyance ,
Dans l'ombre du fecret feconde ta vengeance.
Sous les yeux de ton Maître , il a pefé tes droits.
Louis eft ton arbitre , ah ! remplis fon attente !
     Ta valeur triomphante ,
Ne fut dans tous les tems que l'amour pour tesRois.

    Cet amour dont ta gloire entretient l'influence ;
D'un mur impénétrable entoure ta puiffance ;
Sa voix dans le néant plonge tes ennemis :
Le Ciel qui t'infpira cette ardeur fouveraine ,
     D'une éternelle chaîne
Lie au Trône des Dieux tes remparts affermis.

    Digne fils de Berwick , toi , qui , par ton génie ,
Secondas les fecours dont la Septimanie,
Infpira le projet à fes enfans nombreux ;
Je crois voir ces héros , comblant ton éfpérance ,
     Pour defendre la France ,
Redoubler à l'envi leurs efforts généreux.

Déja de leur vertu que l'univers contemple;
Tous nos peuples unis ont imité l'exemple.
Vois Paris, quelle ardeur remplit ses habitans !
Combien de Citoyens, dignes de nos hommages,
Chéris dans tous les âges,
S'uniront à l'airain que dévore le tems.

Des Morteis qu'entraîna la fureur de la gloire
Le nom ne retentit qu'au jour de la victoire,
L'ambition barbare a flétri leurs lauriers ;
Mais Bouflers * qu'animoit l'amour de la Patrie,
Voit sa palme fleurie.
Braver en s'élevant l'ombre de ces guerriers.

Amour de la Patrie ! amour des grandes ames !
Source des beaux exploits, à tes brulantes flammes
S'allume cet honneur qui défend les Etats.
Quand l'Anglois des Valois usurpoit l'héritage,
Tu fis tomber sa rage,
Et repoussas sur lui le Démon des combats.

Autrefois ces rivaux, attachés à la France,
Oserent lachement insulter sa puissance,

* *Le Maréchal de Boufflers, cet habile Défenseur de Lille.*

Et la haine en grondant les fépara de nous:
Du Continent qui s'ouvre une Ifle détachée,
Par les mers arrachée,
D'accord avec les flots, fit mugir leur courroux.

❈

Mais dès ondes bientôt franchiffant les barrières,
Leurs drapeaux efcortés des fureurs meurtrières,
De la mort dans nos champs déployerent le deuil.
Ah ! rappellons ces tems pour venger nos
  outrages :
Emportés fur leurs Plages,
D'Albion qui nous brave, ofons punir l'orgueil.

❈

Vous le pouvez, François; de cette Ifle effrayée,
Voyez s'anéantir l'audace foudroyée.
C'eft un de vos ayeux * qui brife fes remparts.
Admirez ce Louis **, & fes troupes vaillantes,
Qui de leurs mains fanglantes
De nos lys triomphans plantent les Etendarts.

❈

Eh! quoi ! n'êtes-vous pas ces héros indomptables,
Qui toujours généreux, & toujours redoutables,
Commandiez fur les flots de vos voiles couverts;
Neptune vous attend; il cherche dans fes plaines,
Si vous rompez les chaînes
Que vos Rivaux altiers étendent fur les Mers.

* *Guillaume le Conquérant.*
** *Louis VIII, fils de Philippe Augufte.*

Déja les Potentats, que leur pouvoir menace,
Brûlent d'exterminer leur déteſtable audace.
Sur les fougueux Tyrans, ils vont porter leurs coups :
Ah ! n'entendez-vous pas éclater ſur leurs têtes
      Les horribles tempêtes
Que de l'Europe entiere enfante le courroux.

Si leur rage a vomi les fléaux de la guerre,
L'équité doit contre eux armer toute la terre.
La ſage politique en impoſe la loi ;
Ou bientôt, ſur l'amas des Couronnes briſées,
      Des Villes embraſées,
On verroit s'élever le trône d'un ſeul Roi.

Mais que dis-je ? la France au pied de la Victoire,
Enchaînera ce Peuple, enivré de ſa gloire ;
Et les lys s'uniront aux palmes de la Paix.
Lorſque, pour ſoutenir la grandeur d'un Empire,
      La Juſtice conſpire,
Le Ciel céde aux vertus, & punit les forfaits.

Eh ! que peut d'un Vainqueur l'inſolente furie,
Contre un Roi que défend l'amour de la Patrie ?
Des Citoyens armés ſont les Dieux des combats.
Voyez-les raffermir des murs tombés en poudre,

Et détourner la foudre,
Qui fur leurs ennemis tombe avec le trépas.

Quels Citoyens pouvoient, fans fe noircir d'un
crime,
Refufer leurs fecours à l'Etat qu'on opprime ?
Les jours de fes befoins font les jours des Héros :
C'eft alors que l'honneur, père de la Nobleffe,
Diffipant la molleffe,
Fait fortir les vertus des ombres du repos.

Malheur à ces Mortels, guidés par leurs caprices,
Qui, fous de nouveaux Cieux, emportant leurs fer-
vices,
Infultent leur Pays jufques dans fes dangers.
Enfans ingrats ! pareils à ces plantes chéries,
Qui, dans leur fol nourries,
Vont produire des fruits aux climats étrangers.

LA GUERRE.

ODE V.

Mars a dit, allumons les flambeaux de la rage;
Sa voix de la Difcorde a brifé les cachots:
Elle accourt fur fes pas; le monde qu'il ravage
 Regrette le cahos.

Que de murs embrafés s'écroulent en poufsière!
Que de glaives fanglans brillent de toutes parts!
Je frémis, eft-ce là cette Europe fi fière
 Du progrès de fes arts?

Les Peuples gémiffans, les cris, les funérailles
Nous retracent l'horreur qui regne aux fombres
 bords,
Et les champs défolés n'ouvrent plus leurs entrailles
 Que pour cacher les morts.

Cruel fils de Junon, ton bras à qui tout céde;
N'a que trop fur la terre étendu ton courroux;
Ah! ne verrons-nous plus un nouveau Diomède
 T'accabler de fes coups.

Je le vois à travers les ruines du monde,
Courir pour enchaîner tes transports furieux,
Et de tes feux bruyans la tempête qui gronde
    Eft un calme à fes yeux.

'Ainfi, lorfque des Vents les aîles frémiffantes,
De la Mer qui s'entr'ouvre ont fait mugir le fein,
Neptune fur le dos des ondes menaçantes,
    Marche le front ferein.

Broglie, à ce portrait, la France qui te nomme,
Et d'eftime & d'amour, t'apporte fes tributs :
Tu rempliras fes vœux, les talens du grand homme
    Sont toujours des vertus,

Au bonheur des humains il confacre fa gloire;
C'eft unDieu bienfaifant fous les traitsd'un guerrier.
S'il amene la paix, il orne la victoire
    De fon plus beau laurier.

Au bruit de tes exploits ma mufe ranimée,
Ofoit de ta valeur célébrer les efforts,
Lorfque par ce difcours l'agile renommée
    A glacé mes tranfports.

Quelle eſt pour ton héros cette ardeur qui te guide ?
C'eſt à moi de vanter ſes prodiges divers ,
À moi qui les enfante & dont l'aîle rapide
　　Meſure l'Univers.

.Viens dans Sunderhauſen admirer ſon audace ;
Le ſignal eſt parti de ſes yeux foudroyans ,
Il s'élance & ſoudain n'apperçoit que la trace
　　Des ennemis fuyans.

Guerriers , qui de Caſſel couriez briſer les portes ,
Quel vainqueur inſpiré peut arrêter vos bras ?
Il paroît : la terreur entraîne vos cohortes
　　Dans la nuit du trépas

Gottingen, ſuccombant aux forces raſſemblées
Que pour l'abbattre armoient de nombreux ennemis,
À l'aſpect du héros , de ſes tours ébranlées
　　Voit les murs r'affermis. ,

Où vole Ferdinand ? Sa manœuvre ſçavante
À de la Germanie effrayé les remparts :
Il menace Francfort, & remplit d'épouvante
　　Ses habitans épars.

Rivaux audacieux, vos bornes font prefcrites,
Vos bataillons rompus, vos foldats renverfés,
Et Berghen voit déja de vos troupes détruites
    Les reftes difperfés.

Quand le fougueux Xercès au feul bruit de fa courfe,
Croit envahir la Gréce, infenfé Conquérant ;
Themiftocle l'arrête, & jufques vers fa fource
    Repouffe ce torrent.

Les Grecs qu'épouvantoit l'infolente furie
De ce Roi dont l'orgueil crut enchaîner les flots,
Nommerent le Mortel qui fauva fa Patrie,
    Le plus grand des héros.

La louange aux Héros doit prodiguer fes charmes ;
Leur vie eft un tableau de fervices rendus ;
Et ce n'eft qu'à leur mort qu'ils font verfer des
    larmes
    Aux Peuples éperdus.

Loin de moi la valeur à détruire occupée ;
On s'en fouvient, hélas ! comme de ces volcans
Qui des flots orageux de leur flâme échapée,
    Ont inondé les champs.

Aléxandre à nos yeux rougit de son audace ;
Pleure sur les vaincus prosternés à ses pieds,
Et , tout sanglant encor , de Darius embrasse
    Les enfans effrayés.

Ainsi de l'Univers la Messagère active
Aux farouches guerriers prête à regret sa voix ;
Et n'aime à raconter à la Terre attentive,
    Que d'utiles exploits.

Conquérans, qui voulez que le monde vous craigne,
D'une gloire insensée idolâtres amans ,
Quels fruits recueillez-vous ? C'est le malheur qui
    régne
    Sur vos débris fumans.

Possesseurs d'un Pays que la flâme ravage ,
Le deuil vous environne, & la terreur vous sert ;
Pareils à des lions , affamés de carnage ,
    Et rois, dans un désert.

En vain vous exigez les vœux qu'on vous adresse.
Si vous êtes des Dieux , vous l'êtes des forfaits ;
Je vois à chaque pas les Autels qu'on vous dresse,
    Je cherche vos bienfaits,
            Ah !

Ah ! rappellez la paix & ſes plaiſirs tranquilles;
Reſſuſcitez les Arts, vrais tréſors des Mortels;
Rempliſſez l'Univers de monumens utiles,
   Et voilà vos Autels.

Amener l'abondance & nourrir les entrailles
De ces champs ravagés ſous vos pas entr'ouverts;
C'eſt plus qu'avoir conquis, par le ſort des batailles,
   Un nouvel Univers.

Tandis que l'œil en feu, met, réduit tout en poudre,
Un Roi ſage à regret combat ſes ennemis;
Pour ſoutenir ſes droits il n'a reçu la foudre
   Que des mains de Thémis.

Tendre ami de la paix, pour calmer les orages,
Il a de ſon pouvoir déployé l'appareil;
C'eſt Jupiter qui tonne & chaſſe les nuages
   Qui couvrent le Soleil.

L'ELOQUENCE.

ODE VI.

Sur ce Trône éclatant quelle auguste Déesse
Fait briller dans ses mains des foudres & des fleurs?
    Autour d'elle un Peuple s'empresse,
Et baisse un front soumis à ses accens vainqueurs;
Sa splendeur embellit la raison qui la guide.
    Les traits de son discours rapide
Font tomber à ses pieds tous les vices rampans.
Ils n'osent regarder l'éclat de sa lumière;
    Et, se roulant sur la poussière,
La haine dans ses bras étouffe ses serpens.

Eloquence, à l'aspect de tes nombreux miracles,
Qui ne reconnoîtroit ton pouvoir indompté?
    Tu parles : tes divins oracles,
Tels que ceux du Destin, forcent la volonté;
Des passions des Rois tu confonds les intrigues,
    Et soutiens au-dessus des brigues
Le Négociateur que tu fais triompher.
L'esprit, s'il n'est rempli de ta chaleur brulante,
    Est comme une étoile brillante
Qui répand des rayons sans pouvoir échauffer.

A ton gré tu foumets une amante rebelle ;
Plus fière que l'Amour tu bleſſes ſans carquois ;
   En vain le courroux d'une Belle
Médite la vengeance, il ſe calme à ta voix.
Par le miel raviſſant de tes douces paroles,
   L'infortuné que tu conſoles
Voit s'enfuir loin de lui la coupe du malheur.
Ainſi de Ménélas l'épouſe ſéduiſante,
   Par une liqueur bienfaiſante
Des maux les plus cruels endormoit la douleur.

Quel ſpectacle pompeux ! tout prend un nouvel être !
Un monde plus brillant vient frapper mes regards !
   Les Mortels qui ſemblent renaître,
Font du ſein du beſoin éclorre tous les arts !
Les cimes des rochers ſe transforment en Villes !
   Les loix réglent les doux aſyles,
L'homme quitte les bois & ſe place à ſon rang ;
De ſon manteau groſſier dépouillant la nature,
   Il ne cherche plus la pâture
Que des monſtres cruels infectoient de leur ſang.

Reine de l'Univers, tu produis ces merveilles ;
Tu fais trembler l'audace au faîte des grandeurs.
   Lorſque tu charmes nos oreilles,
Ce n'eſt que pour briſer le marbre de nos cœurs.

A Neſtor dont toi-même illuſtres la vieilleſſe,
    Tu ſoumets les Chefs de la Gréce ;
Roi de ces Souverains , il leur donne des fers :
L'innocence ſouvent à la rage immolée,
    Victime triſte , déſolée
Sort du ſein des cachots à la voix entrouverts,

Organe de Thémis , ſoutien de ſa puiſſance ;
Tu tonnes ſur le crime , & détruis ſes complots,
    A tes ſons , ſublime éloquence
Le lâche eſt un ſoldat , un ſoldat un héros,
Le front de la vertu ſe déride à tes graces,
    Tu ſemes des fleurs ſur ſes traces.
Je te vois ſur les arts répandre un jour plus beau,
Sans toi la vérité , cette lumière pure ,
    Couverte d'une nuit obſcure ,
N'eût jamais de l'erreur fait tomber le bandeau,

Qu'on porte juſqu'aux Cieux la valeur intrepide,
Mieux qu'elle d'un Etat l'éloquence eſt l'appui :
    Sous cette impénétrable égide
Il brave les efforts réunis contre lui,
De Philippe courant vers Athène allarmée,
    Démoſthène arrête l'armée,
Souſtrait ſa République aux dangers qu'elle craint

Catilina fur Rome a foufflé fa furie ;
Cicéron défend fa Patrie ,
Il monte à la tribune & la foudre s'éteint

Ah ! ce n'eft qu'en fuivant la vertu qu'il ranime ,
Que le plus beau talent ennoblit fon pouvoir.
L'Orateur eft toujours fublime
S'il brule de l'ardeur d'infpirer le devoir.
Que je plains un mortel dont l'éloquence tonne
Pour frapper l'autel & le trône ,
Qui nous promet un jour plus affreux que la nuit ;
Sa bifarre fageffe au tumulte enhardie ,
Eclaire comme un incendie ,
Et ne brille jamais que lorfqu'elle détruit.

Où courent ces cruels ? les fureurs de la haine ,
En traits étincelans s'échappent de leurs yeux.
La difcorde qui les entraîne
Fait retentir les airs de cris féditieux.
Que de morts entaffés fur les débris des armes !
Que d'hommes meurtris dont les larmes
De leur fang qui gémit , vont groffir les torrens !
Mais un Mortel paroît , on l'écoute , on l'admire :
On s'embraffe , la rage expire ,
Et la paix a calmé ces lions dévorans.

Ainfi quand fur l'empire où Vénus prit naiffance
Un nuage a vomi les Autans déchaînés,
  L'onde écume, mugit, s'élance,
Le Ciel s'écroule en feu fur les flots mutinés;
Mais fi le Souverain de la plaine liquide,
  Sortant de fon Palais humide,
Frappe de fon trident la furface des mers:
Soudain de leur courroux il enchaîne l'audace,
  Et les zéphirs prennent la place
Des tyrans orageux qui ravageoient les airs.

Mortels! que l'éloquence embrâfe de fa flâme;
Mon cœur vous reconnoît pour les Rois des humains,
  Le vrai pouvoir regne fur l'ame,
Et la force des Loix n'enchaîne que les mains.
Ah! lorfque vous parlez on écoute, on fe preffe;
  L'éloge eft un tranfport d'ivreffe,
D'admirateurs charmés, l'effain vous inveftit:
Ainfi lorfque Gerbier dans un difcours fublime
  Au Temple des Loix peint le crime,
De fuffrages bruyans la voûte retentit.

O Thémis! ce n'eft plus qu'en ta demeure fainte,
Que l'éloquence encore admire fes foutiens!
  Ah! quels hommes dans ton enceinte

Je vois veiller fans ceffe au fort des Citoyens !
Les défenfeurs du Peuple & des droits de fes maîtres,
   Dieux de paix, qui fléaux des traîtres,
De leurs iniquités repouffent le fardeau :
Leur zèle qui mûrit au fein de la prudence
   Des Rois foutient l'indépendance,
Et fait du fanatifme éteindre le flambeau.

     ❀

Maffillon, Bourdaloüe, & toi peintre énergique
Sublime Boffuet, l'aigle des Orateurs,
   Vous de la chaire évangélique
Apôtres renommés où font vos traits vainqueurs !
L'éloquence livrée aux plus vives allarmes
   Sur vos tombeaux jette fes armes,
Et, fans confolateurs, pleure votre trépas.
Rien ne peut éclipfer l'éclat de vos couronnes,
   Vous avez dreffé des colonnes
Qui de vos fucceffeurs ont arrêté les pas.

     ❀

Quels foibles fucceffeurs, dont les touches légères
Donnent aux vérités les charmes des romans,
   Et des redoutables myftères
Embeliffent l'horreur par de vains ornemens.
Qui cherche la parure eft privé du génie.
   Loin ces Rhéteurs, dont la manie
       D iv

Des plus fombres objets tempére les couleurs;
Du Calvaire épineux fait un lieu de délice,
    Adoucit le fiel du Calice,
Et fur la croix fanglante ofe femer des fleurs.

TIRTE'E AUX FRANÇOIS.

O D E   V I I.

Le Chantre qui de Sparte enflâmoit le courage,
L'impétueux Tirtée, au ténébreux rivage,
De l'ardente valeur célébroit les efforts.
Des fleuves des Enfers les eaux épouvantées;
    Dans leurs cours arrêtées,
Sembloit en frémiffant répéter fes accords.

    Ranimés à fa voix, les guerriers intrépides
Veulent braver encor les tourbillons rapides
De ces feux déchaînés qui grondoient fur leurs pas,
    Et foudain déployant leurs bras,
    Ils menacent plutôt lui-même
D'arracher de fon front le brûlant diadême
    S'il leur défend de voler aux combats.

C'eft toi, difoit Tirtée, ô valeur indomptable,
  Qui tiens l'égide redoutable ;
Ton afpect des périls diffipe les horreurs
Tu parles, à ta voix les rochers s'applaniffent ;
Et fur les corps meurtris des mourans qui gémiffent
Tes amans vont cueillir le laurier des vainqueurs.

 Quels font ces climats où la Terre
  Enfante des hommes armés ?
  A leur naiffance, le Tonnerre
Eclate & les annonce aux peuples allarmés.
  Que vois-je ? quelle chaîne immenfe
  S'étend, s'agrandit, & s'avance ?
Elle tient aux deux bouts de ce vafte Univers !
En vain pour la brifer le monde entier confpire.
Le monde entier, foumis à ce nouvel empire,
  Tombe fous le poids de fes fers.

 O valeur, le beau feu dont tu remplis une ame,
Des plus obfcurs Mortels a fait des Conquérans !
Comme on voit ces vapeurs, que le bitume enflâme
S'élevant des marais, retomber en torrens.
  Déja tu brilles dans la Gréce,
Philippe, pour fon fils qu'entraîne ton ivreffe,
 A créé des foldats par toi-même guidés,
Il s'élance, l'Afie a reconnu fon Maître ;
       D v

Tu produis le grand homme, & ton foufle fait naître
A Rome les Céfars, en France les Condés.

❀

O France ! ton ardeur a paffé dans nos veines !
A tes fameux guerriers que d'hommages rendus ?
Lorfque les Luxembourgs, les Crillons, les Turennes,
Parmi tant de Héros aux enfers defcendus,
    Aflirent leurs ombres hautaines ;
    Les plus illuftres Capitaines,
Au récit de leurs faits pâlirent confondus.
Le courage eft fouvent une fureur fanglante,
Un tyran des Mortels qu'il brûle d'égorger ;
Mais chez toi des vertus, c'eft la fource brillante
    Et l'honneur feul affronte le danger.

❀

    En vain ce peuple altier dont la valeur fougueufe
    N'eft que l'inftinct de fa haine pour toi :
    De fa puiffance impérieufe
Prodigue les tréfors pour t'impofer la loi :
En vain fes Edouards, ennemis implacables,
Avoient couverts tes bords de troupes innom-
    brables :
La honte fut le prix de fes vœux effrénés ;
Et ce peuple ofe encore allumer les orages,
    Qui viennent tonner fur tes plages,
Pour s'engloutir dans fes ports confternés.

Ainfi lorfque ces feux que leurs combats excitent,
Brifent les noirs cachots qui les tenoient preffés ;
    Si des vents qui s'irritent
Un tourbillon s'oppofe à leurs flots repouffés,
    Ils tombent , & fe précipitent
Dans le gouffre profond qui les avoit lancés.

✻

  Qu'entens-je ? d'un Anglois l'ombre fière & fau-
    vage ?
Des enfans de Bellone outrage la valeur !
    Mais ils fçauront illuftrer leur malheur,
Et je vais par mes chants illuftrer leur courage.
Dieux ! foyez attendris... tout fléchit fous ma loi.
    J'apperçois déja la lumiere
Du Tartare , ma voix a forcé la barriere ,
Et fes remparts d'airain font tombés devant moi.

✻

    Je vois un fertile rivage
Orné par la nature , embelli par l'aurore ,
    Où des Lys le fuperbe ombrage
Offre un afyle aux arts fixés dans ce féjour.
    Mais du françois brillant & magnanime.
    La gloire a les premiers defirs.
De fes paifibles jeux , pourquoi lui faire un crime ,
Si le danger qu'il brave eft un de fes plaifirs ?

Où vole cet essain d'Alcides,
Dont le front meçanant & les yeux intrépides
   Semblent défier le trépas ?
   Est-ce la cohorte sacrée
   Que guidoit Epaminondas ?
      Non, de Louis c'est la garde assurée,
Sa compagne & surtout l'appui de ses états.
Par de brillans exploits cette troupe fameuse,
     Va-t-elle encor de Steinkerque & de Leuze
Offrir à l'Univers les célèbres combats ?

❊

Telle on la vit jadis dans son ardeur brulante
Renverser plusieurs fois ses ennemis pressés,
Lorsque de Malplaquet la campagne sanglante
Lui suscitoit l'Europe & les Dieux courroucés.
Eugene & Malboroug font envain sur sa tête
    Tonner une affreuse tempête :
Elle court à la foudre, en repousse l'horreur.
   O héros ! ô troupe invincible !
    A votre aspect terrible ,
La mort même s'arrête & suspend sa fureur.

❊

François, tous vos guerriers pleins de la même
     audace ,
Agitent leurs drapeaux où la gloire retrace
De leurs antiques faits les tableaux triomphans ;

La fortune en pâlit , & Mars qui les contemple
    Ouvrant les portes de fon temple ,
'A de nouveaux fuccès appelle fes enfans.

    Oui , j'en attefte ici les champs , où la victoire
      Renverfa vos pâles rivaux :
    La Flandre où les mains de la gloire
Sous vos lauriers épais ont caché leurs tombeaux.
Voyez devant Raucoux , la mort traçant leur perte,
    Frapper , dévorer chaque rang :
La plaine de Lauffeldt de leurs débris couverte
S'ouvre avec peine encor fous un foc teint de fang.

    De Valencienne enflammée ;
Là (a) de jeunes héros arbîtres des hazards ;
    Malgré les feux que lançoit une armée ,
Seuls , l'épée à la main , emportent les remparts
Ici l'Altier Mahon , défendu par Neptune ,
    Voit un nouveau Villars
    Vainqueur de la fortune ,
Sur des rocs embrâfés planter vos étendarts.

Mais d'où partent ces cris ? le clairon de Bellonne

_____

(a) *La prife de Valenciennes par les Moufquetaires.*

Fait mugir l'air frappé d'un effroiable bruit.
L'airain s'allume, gronde, & la flamme environne
 Les bataillons qu'elle détruit.
 Volez, François, la gloire vous appelle :
 Domptez la difcorde cruelle ;
 Volez & vengez votre Roi.
 Déjà ces fiers guerriers fuccombent
 Sur les corps des mourans qui tombent :
 Souvenez-vous de Fontenoi.

Ah ! mes vœux font remplis ! un généreux courage
 En héros change vos foldats.
Pluton me traîne encor dans fes fombres tats ;
La terre au tour de moi tremble, & m'ouvre un paffage.
Mais de vos ennemis j'ai vu tomber la rage.
J'ai vu leurs leurs fronts couverts de la nuit du trépas
 Et j'emporte la douce image
Des palmes que leur fang fait germer fur vos pas.

ODE VIII.

Contre le Rouge
à Zelmire.

LA beauté feroit-elle un vice,
Puifque tu caches fes attraits !
Peux-tu chérir le vain caprice

Qui ternit l'éclat de ſes traits!
Crois-moi, prends la raiſon pour guide
Chaſſe cette poudre perfide
De ton viſage qu'elle peint?
N'es-tu pas mille fois plus belle
Lorſque le ſommeil de ſon aîle
Careſſe & rafraîchit ton teint?

Autrefois ſi notre œil avide
Montroit les tranſports de nos ſens,
Alors une rougeur timide
Coloroit tes appas naiſſans.
A préſent peut-on voir les traces
De cette vertu dont les graces
Du deſir excitent l'ardeur?
Pudeur, tu nourris la tendreſſe,
Et renouvelles ſon ivreſſe
Même après l'inſtant du bonheur.

Qu'une Belle, ſimple, ingénue,
Eſt ſûre de nous enflammer?
Qu'aiſément, dès qu'on l'a connue,
On cède au plaiſir de l'aimer.
De Vénus elle a le ſourire;
C'eſt la fleur qu'anime Zéphire:

Ses charmes forment fes atours,
De fes appas fi l'art s'empare
Elle déplaît, il la dépare ;
C'eft donner un mafque aux amours.

Belles, cette mode infenfée
Combat vos plus chers intérêts ;
Et votre jeuneffe effacée
Ne vous laiffe que des regrets.
Du tems forçant les pas rapides,
Vous creufez vous-même les rides
Qui viennent fillonner vos fronts.
Pour vous qu'embellit la nature,
Ne plus charmer eft une injure
Et vous préparez vos affronts.

Zelmire, éloigne une parure
Que la Nature t'interdit :
Que ta beauté naïve & pure
Soit l'image de ton efprit.
L'efprit qu'on apprête eft fans grace ;
Dans fes atours il nous retrace
Sa foibleffe & fon embarras.
L'art déplaît dès qu'on le foupçonne ;
Et les charmes que l'on fe donne
Annoncent ceux que l'on n'a pas.

ODES NOUVELLES

LIVRE SECOND.

LE LUXE.

ODE I.

Pourquoi privé des droits qu'il eut à sa naissance
L'Homme a-t-il vû périr sa force & sa puissance ?
Monarque détrôné , quel est son triste sort ?
A son corps énervé son ame est asservie ;
  Des portes de la vie
  Il apperçoit la mort.

De nos simples ayeux je cherche envain les traces :
Hélas ! pourriez-vous bien reconnoîttre vos races,
Peres de vils enfans sous le vice abbattus ?
Quel génie infernal du poison de sa bouche
  A fait mourir la souche
  Des antiques vertus.

C'eſt toi, luxe orgueilleux, dont l'affreuſe impoſture
De ſon berceau ſacré fit ſortir la nature :
Tu ſoufflas dans ſon ſein la fureur des deſirs.
Ta magie a changé le devoir en problême,
Le bonheur en ſyſtême,
Les vices en plaiſirs.

Les mortels égarés par les fauſſes maximes,
Pour chercher l'abondance ont créé tous les crimes
Le néceſſaire même eſt pour eux un malheur.
Se ſont-ils enrichis, leurs tréſors les ſoumettent
Aux plaiſirs qu'ils achetent,
Au prix de la douleur.

Ils ont pour mieux jouir de tes vaines délices
Multiplié leurs ſens & varié leurs vices.
Mais quels piéges affreux tu caches ſous leurs pas ?
Ils ſavourent la mort dans ta coupe infidelle ;
Et leur corps qui chancèle
Tombe avant le trépas.

Redoutable fléau, plus fatal que la guerre,
Paroiſſant l'embellir tu ravages la terre :
Tu dégrades l'emploi des meilleurs citoyens.

Pour renier fon pere, achetant la nobleffe,
Un fils dans la moleffe
Confume tous fes biens.

Quand le crime enrichi léve fa tête altière ;
L'indigente vertu rampe dans la pouffière,
L'éclat de la parure eft notre unique foin.
On te verra bientôt guidé par l'imprudence,
Au fein de l'abondance,
Enfanter le befoin.

Du Temple de l'Hymen les colonnes gémiffent ;
Ses autels défertés fans victimes languiffent ;
Les champs, vaftes tombeaux, foupirent dans le deuil;
Rebutés du travail les laboureurs utiles,
Entraînés dans les villes,
En vont fervir l'orgueil.

Ah ! fi de ces mortels la maffe diminue,
La fource de ces maux peut-elle être inconnue?
Eh! comment verrons-nous des laboureurs nombreux?
Jouet de la mifére ardente à le pourfuivre,
Un Pere craint de vivre
Dans des fils malheureux.

Des pénibles devoirs on brise les entraves;
Je vois partout le faste & d'infolens efclaves ;
Fiers de s'être vendus aux caprices des Grands.
La vertu fait rougir, les plaifirs nous dominent ;
  Et l'Etat qu'ils ruinent
  Embraffe fes tyrans.

Dès que l'Ambition, de fes projets nourrie ;
Ne s'aime qu'elle-même, il n'eft plus de patrie;
L'intérêt perfonnel affoupit les vertus.
Je vous attefte ici, vous, Empires fuperbes,
  Qui cachez fous les herbes
  Vos remparts abattus.

Le luxe dans vos murs gouverne-t-il en maître ;
De l'Univers furpris je vous vois difparoître :
Malgré votre grandeur vous êtes renverfés :
Pareils à ces épics qui fous les vents fuccombent;
  Flottent, s'abaiffent, tombent
  L'un fur l'autre entaffés.

Lorfque tout vous rioit, & que le fort propice
Sembloit de votre gloire affermir l'édifice,
Un ennemi fecret vous déchiroit le fein ;

Sous des traits enchanteurs il déguifoit fa rage,
Vous dormiez, & l'orage
Partit d'un ciel ferein.

Ne crains pas que jamais un tel malheur t'opprime;
Toi, Genêve où le luxe a le deftin du crime.
Ah! repouffe toujours nos fpectacles trompeurs!
Quand Périclès ofa fubjuguer fa patrie,
Par leur pompe chérie
Il corrompit les mœurs.

La richeffe d'un peuple en devient la ruine;
De fon or qui l'accable il découvre la mine;
Et de fes ennemis il guide les efforts.
Les guerriers avilis aux rapines s'éxercent,
Et du fang qu'ils commercent,
Groffiffent leurs tréfors.

Méprifable valeur qu'entraîne l'Avarice;
Ce n'étoit pas la vôtre, ô Camille, ô Fabrice;
Vous, héros du travail, & fiers enfans de Mars,
Vos bras qui s'exerçoient fur la terre féconde,
De l'Empire du Monde
Eleyoient les remparts.

Venez voir des Guerriers que le luxe environne ;
Sur le front d'Adonis le casque de Bellone
Dans les champs de la mort les plaisirs amenés ;
Vous reculez, d'horreurs, à ces jeux qui vous frap-
pent,
Et des larmes échappent
De vos yeux indignés.

Eh ; que seroit-ce enfin si vous voyez nos vices !
L'autorité des chefs immolée aux caprices.
De l'honneur gémissant les droits souvent trahis ;
Des postes confiés les défenseurs perfides,
Et les traîtres avides
Qui vendent leurs pays.

Je pleure sur nos maux en Citoyen sensible.
Luxe, ennemi cruel & le seul invincible,
Tu confonds tous les rangs ; le désordre est ta loi :
Les plus obscurs mortels jaloux de tes délices ?
S'engraissent d'injustices,
Pour s'élever à toi.

L'esprit national s'éteint par tes maximes
L'honneur, qu'ont adoré nos peres magnanimes,

N'embrâse plus nos cœurs de son souffle brûlant ;
Frivoles, nous n'aimons que les talens sans force,
  Une brillante écorce
  Couvre un tronc chancelant.

Mais d'un immense état devons-nous te proscrire?
Non, il faut te guider & borner ton empire.
De nos arts, de nos mœurs, n'arrête point l'essor ;
Et, fleuve resserré dans des canaux utiles,
  Sans inonder nos villes,
  Fais circuler ton or.

LA GLOIRE.

*A M. l'Abbé de BRANCAS, Auteur de
quelques Ouvrages de Physique.*

ODE II.

Q U E L L E est cette Déesse altière,
Qui, le front couronné de superbes lauriers,
  Des honneurs ouvre la barrière
  A cette foule de guerriers?
La Renommée assise à côté de son Trône

Appelle les Héros & d'une voix qui tonne,
    Récite leurs brillans exploits.
Je vois les arts fourire aux palmes qu'ils apprêtent,
Et l'Amour, indigné des chaînes qui l'arrêtent,
        Pleure, & foule aux pieds fon carquois.

    Ce neft point une image vaine;
C'eft la gloire qui s'offre à mes regards furpris;
        Je reconnois la Souveraine
        Dont l'éclat frappe mes efprits.
Déeffe, ce mortel dont tu foutiens l'audace,
Des climats & des mers franchit l'immenfe efpace,
        Crée un monde & des Cieux nouveaux;
Il voit tous les humains comme un troupeau timide,
Il plane au-deffus d'eux, &, dans fon vol rapide,
        Il n'a que les Dieux pour rivaux.

    D'une divinité prudente
La main grava dans l'homme avec des traits vain-
    queurs,
        Un defir, dont la fougue ardente
        Vers la gloire emporte nos cœurs.
Quel que foit notre rang, nous fentons tous dans l'ame
L'impetueux éffor de cette vive flamme;

                                    Rien

Rien n'en peut arrêter le cours ;
Et cette paffion qu'infpire la nature ,
Par des honneurs fans fin nous venge avec ufure
    Du court efpace de nos jours.

    Gloire , c'eft toi dont la puiffance
Fut toujours le foutien de l'empire des arts ?
    Les ténébres de l'ignorance
    Se diffipent à tes regards.
Sans toi connoîtroit-on les accords de la lyre ;
Des talents qu'animoit le fouffle du délire
    Ta voix agrandit le berceau :
Quand le Nord , vômiffant de terribles orages ,
Eut couvert leur beauté des plus fombres nuages ,
    Tu les fis fortir du tombeau.

    Vous, nobles enfans d'Uranie ,
La gloire vous appelle aux plus brillans honneurs ;
    Mais que les élans du génie
    Refpectent les loix & les mœurs.
D'un tendre bienfaiteur trompant les efpérances ,
En vain Bacon fraya la route des fciences,
    Le vice a flétri fa raifon :
Une vertu vaut mieux qu'une fublime idée ;

J'entends l'ombre d'Essex, par le courroux guidée,
Lui reprocher sa trahison.

A la gloire qui deshonore
Nous devons préférer les ombres du repos ;
Aimons celle qui fait éclore
L'immortalité des héros.
César, dans les plaisirs, entend sa voix suprême ;
Il s'enfuit de leurs bras ; de la nature même
Il dompte les transports altiers ;
Dangers, rassemblez-vous, il brave vos menaces ;
Mars, tu tonnes en vain, il vole sur tes traces
Et n'y voit rien que des lauriers.

Toi dont la douceur homicide
Cache un écueil affreux sous un calme serein ;
Volupté, sirene perfide,
Tes sons nous enchantent en vain.
Entre l'éclat des fleurs à leur midi fanées
Et l'orgueil des lauriers qui bravent les années
Peut-on balancer de choisir ?
Laisse-nous donc voler au Temple de mémoire,
l'Honneur de toujours vivre est le prix de la gloire ;
La honte est le fruit du plaisir.

Si le fort d'un bras invincible
Vers la nuit du trépas pousse notre berceau ;
   S'il neft qu'un point prefque invifible
   Qui nous fépare du tombeau ;
A vivre après la mort confacrons notre vie,
O filles des enfers, qu'elle nous foit ravie ;
   C'eft le tiffu de vos fufeaux.
Vous tranchez le deftin du fujet & du maître ;
Mais le fil de ces jours que la gloire fait naître
   Ne dépend point de vos cizeaux.

❀

   De vos ayeux l'augufte race
Envain, enfans des Dieux, vous éloigne de nous ;
   La gloire remplit cet efpace
   En nous élevant jufqu'à vous.
Ceffez donc d'étaler l'orgueil d'une nobleffe
Qui n'eft qu'un héritage, un titre de moleffe
   Pour des fucceffeurs indolents.
Etre auteur de fon nom eft un honneur fuprême.
L'homme le plus obfcur qui s'illuftre lui-même
   A pour ancêtres fes talents.

❀

   Héros brillants par vos trophées,
Quand nos yeux de vos fronts contemplent la
   fplendeur ;

Ah dans nos ames échauffées
Vous imprimez votre grandeur.
On adore vos pas, on grave vos images ;
A vous, ainsi qu'aux Dieux on offre des hommages ;
Ce qui vous touche est un trésor,
Le moindre objet acquiert un prix a qui tout cède.
Pour les armes de fer que portoit Diomède
Glaucus change ses armes d'or.

Vous, dont les suppôts de l'envie
Arrachent les lauriers attachés sur vos fronts ;
Consolez-vous, une autre vie
Peut vous venger de leurs affronts.
En vain la calomnie ose sur Aristide
Verser le noir poison de sa bouche perfide,
Sa vertu seule est son appui.
Il voit déjà le temps confondre l'imposture,
Et son cœur génereux met la race future
Entre l'ingratitude & lui.

O gloire, c'est par tes prestiges
Qu'aux guerriers la mort même étale des appas ;
Tu fais éclore leurs prodiges
Dès que tu voles sur leurs pas.

C'eft pour toi qu'Annibal franchit les Pyrenées,
Abaiffe les fommets des Alpes étonnées,
    Et donne aux éléments des fers.
Quand tu vois fes dangers, les peuples qu'il enchaîne ;
Tu le nommes foudain le plus grand capitaine
    Qu'ait jamais produit l'univers.

             ❋

    Qu'Alexandre au péril s'élance ,
Peut-on bien admirer fes exploits les plus beaux ;
    Sans louer, avec fa vaillance,
    Les loups dévorants les agneaux ?
Si la gloire toujours fe mefure aux obftacles,
S'il lui faut des efforts, je cherche les miracles
    De ce fortuné conquérant .
Des Perfes amollis la foibleffe ftupide ;
Des états fans défenfe, à ce vainqueur rapide
    Ont mérité le nom de grand.

             ❋

    Mufe , fuis les champs de Bellonne ;
Ou chante les combats que prefcrit l'équité ;
    Lorfqu'un Roi défend fa couronne
    Ou fon peuple perfecuté.
Le Temple des honneurs eft-il celui du crime ?
Ah ! fi nous adorons le bras qui nous opprime ;

Aux fléaux dreffons des autels :
Loin ces guerriers pareils à ces monftres fauvages
Dont Thefée a jadis délivré les rivages,
    Qu'ils couvroient du fang des Mortels.

J'aime à voir au fein du carnage
La clémence s'affeoir fur le front des vainqueurs,
    Des peuples qu'enchaîne la rage
    J'aime à leur voir fécher les pleurs.
Qu'il eft grand le héros qui, rayonnant de gloire,
Se fouvient qu'il eft homme aux champs de la victoire
    Et plaint fes rivaux abbattus :
Tel on vit autrefois ce Brancas refpectable,
Des remparts de Rouen défenfeur redoutable,
    Aux talens unir les vertus.

AUX MERES,

Sur la néceffité de nourrir leurs Enfans.

ODE IV.

DES vertus amante fidelle,
Mufe, maîtreffe de mes fens,
Quitte la demeure immortelle,

Et viens échauffer mes accens.
Si jamais ma voix enhardie
N'a prophané ta mélodie,
Seconde mes nouveaux tranfports ;
Et vous, mères dénaturées,
Ecoutez les leçons facrées
Qui vont fignaler fes accords.

Quel plaifir ! quel bonheur fuprême
De voir naître & de carefler
Des enfans que l'Amour lui-même
Sur votre fein femble prefler !
Votre lait eft leur nourriture.
Quoi, rebelles à la nature,
Vous rejettez leurs premiers cris !
Tout vous dit : formez leur enfance,
Il leur faut une autre naiflance,
Vous n'êtes meres qu'à ce prix.

Ah ! pour rendre leurs cœurs fenfibles,
Vous devez les aimer pour eux.
Ofez-vous, meres infléxibles
Leur prefcrire un exil affreux ?
A peine ont ils vû la lumière,
Qu'une vanité meurtrière,

E iv

Loin de vous place leurs berceaux.
L'usage a dit, qu'on m'obéisse ;
S'il commandoit leur sacrifice ,
Vous creuseriez donc leurs tombeaux. ?

Oui , vous n'adorez que vos charmes ,
Et vous craignez de les flétrir ;
Mais ce fils , qu'obtiennent vos larmes,
Va sans doute vous attendrir.
Ses lèvres errantes , débiles
Cherchent vos mamelles fertiles
Dont le lait doit être versé :
Embrasse une femme étrangère ,
Cher enfant, tu n'as plus de mère ;
Son sein cruel t'a repoussé.

Prends le glaive d'une furie ;
Arrête , amour , ces attentats.
O meres : quelle barbarie !
Vous mères ? vous ne l'êtes pas.
Nom charmant digne qu'on l'adore !
En est-il un qui fasse éclore
Dans l'ame un sentiment plus doux ?
Mais pour vous il est un outrage ,
Et de vos feux le tendre gage
N'excite que votre couroux.

Vos enfans qui de leur nobleſſe
Doivent le tribut à l'état ,
Dans la fange de la baſſeſſe
De vos noms ont ſouillé l'éclat.
On a fait couler dans leurs ames
Toutes ces paſſions infames
Du deshonneur germe fatal :
Du limon la maſſe infectée
Ainſi d'une ſource argentée
Trouble le paiſible criſtal.

Frémiſſez : un monſtre ſauvage ,
Fléau des ris & des amours ,
Sur vos enfans étend ſa rage
Et ſéche la fleur de leurs jours.
Un poiſon gliſſé dans leurs veines
Par ſes atteintes inhumaines
Les a flétris dans leurs berceaux.
Enervés , chancelans , & ſombres
Ils paroiſſent comme des ombres
Que vomit la nuit des tombeaux.

Au fond des antres effroyables
Où rugit la férocité ,
Venez , mères impitoyables ,

E ⁊

Votre devoir vous eſt dicté.
Voyez la lionne cruelle,
Tous ſes lionceaux autour d'elle
S'abreuvant du lait maternel.
Où faut-il chercher la nature ?
Chez vous le luxe & l'impoſture
Ont détruit ſon thrône éternel.

De vos plaiſirs l'image vaine
Loin d'elle a pu vous égarer :
Mais de ſa loi qui vous enchaîne
Votre or peut-il vous délivrer ?
Si vous êtes dans l'infortune,
La loi qui vous ſemble importune,
Vous rendroit au vœu des mortels.
Elle offenſe vos ames fières.
N'eſt-ce donc que dans les chaumières
Que les vertus ont des autels ?

Qu'il eſt doux de voir une Epouſe
Belle, dans la ſaiſon des jeux,
Bercer, mere tendre & jalouſe,
Son enfant, gage de ſes feux !
S'il bégaye un nom plein de charmes
De joie elle verſe des larmes,

Baife fes innocens appas,
Lui prodigue fon fein qu'il preffe.
C'eft Vénus qui flate & careffe
L'Amour qui fourit dans fes bras.

Allez donc voir, Mere indolente,
Ce fils alaité loin de vous.
Vous l'embraffez ; fa main tremblante
Vous écarte & peint le courroux.
Votre préfence l'inquiète,
Sur fa nourrice il fe rejette,
Pour elle feule il s'attendrit.
Son cœur lui dit, qu'elle eft fa Mere,
Qu'il la chériffe & la révère ;
La Mere eft celle qui nourrit.

La fanté même vous impofe
La loi que vous ofez trahir.
Votre cruauté vous expofe
A des maux prompts à vous punir.
Sur vous la douleur vient s'étendre ;
Quels foupirs faites-vous entendre ?
Victime d'un funefte fort ;
Le lait égaré dans vos veines
S'irrite, & des routes certaines
Dans vos flancs conduifent la mort.

Enfin tout parle & vous excite
A ce refpectable devoir.
Pour qui font ces globes qu'agite
Le defir qui les fait mouvoir ?
Réponds-moi, nature prudente;
Pour une liqueur abondante
Ils font les canaux deftinés.
Ils ne font formés que dans l'âge
Où l'hymen reclame l'ufage,
Des tréfors que vous prophanez.

Ah ! faites-en jaillir la vie.
Verfez le nectar le plus doux ;
A ce foin l'Epoufe affervie
S'embellit aux yeux d'un Epoux :
En vain ce temps gêne fa flamme,
Pourroit-il féparer fon ame
De fa Moitié qui le chérit ?
Il n'aura qu'elle pour Maîtreffe ;
Comment s'éteindroit fa tendreffe,
C'eft la vertu qui la nourrit.

Eh ! quoi, meres, rien ne vous touche ?
Pour vos enfans verfant des pleurs,
Le premier baifer de leur bouche
Eft le fignal de vos fureurs,

Si, malgré leurs mains suppliantes,
Et leurs caresses inocentes,
La nature vous parle en vain ;
Par votre rage possédées,
Il falloit, nouvelles Médées,
Les étouffer dans votre sein.

❀

Périsse l'art qui vous égare !
Suivez la plus sainte des loix :
Oui, contre un usage barbare
La raison éléve sa voix.
Des cieux s'entrouvre la barriere :
L'amour, d'un thrône de lumiere
Vous reproche tous ses bienfaits.
Pour forcer vos cœurs à se rendre
Au devoir d'une mere tendre,
Il a forgé de nouveaux traits.

❀

Il vous dit : le desir de plaire
Vous fait donc haïr vos enfans ?
Les priver d'un lait nécessaire,
C'est porter la mort dans leurs flancs.
A ma voix sourdes & rebelles,
Non, vous ne sentez point, cruelles,
Mes feux aussi purs que le jour.
Vos traufports ne font qu'imposture ;
Qui ne connoît point la nature,
Pourroit-il connoître l'Amour ;

L'AVARICE.

ODE V.

COMMENT l'homme peut-il, dégradant sa noblesse,
Adorer un métal qu'il appelle richesse,
Et chercher dans la poudre une idole à son cœur?
L'idole pour encens lui demande des crimes;
  Et soudain, pour victimes,
Il traîne à ses autels l'innocence & l'honneur.

Mais trompé dans ses vœux, de ses trésors esclave,
L'Avare souffre plus que l'Indigent qu'il brave;
L'intérêt l'œil en feu sans cesse le poursuit.
De la peur des besoins son ame est déchirée,
  Et sa vue égarée,
Transforme en vils brigands les spectres de la nuit.

Le terme de l'amour c'est l'objet qu'il possède;
L'ambition s'arrête, alors que tout lui cède,
Fiere des vains honneurs qu'un souffle peut ravir.
De l'avare, qu'embrase une ardeur indomptable,
  La faim insatiable
Croît par les aliments qui devroient l'assouvir.

Troublé par les accès de sa fureur avide,
Il s'agite, il s'élance, &, jusque dans le vuide,
Croit voir briller l'objet de ses vœux criminels.
Au-delà de sa tombe, il éléve, il entasse
     Les trésors qu'il amasse.
Ses jours sont passagers, ses désirs éternels.

❀

Pour de vils héritiers, que sa vue importune,
Il s'efforce à bâtir sa pénible fortune,
Et consume ses ans prêts à s'évanouir,
Le sort pour le tromper cache un glaive homicide,
     Et, d'une main perfide,
L'environne de biens dont il n'ose jouir.

❀

Ton sort fut moins affreux, ô mortel déplorable,
Infortuné Romain, qu'un Prince inexorable
Accabla de tourmens sur ton corps épuisés !
Lorsque d'un or fondu la liqueur bouillonnante
     De ta bouche écumante
Fit couler le trépas dans tes flancs embrâsés.

❀

Ah ! périssez ainsi, vous qu'enrichit le crime !
Vous qui, souillez du sang des sujets qu'il opprime,
Achetez des honneurs, aux vertus réservés ;
Quand du char de l'orgueil vous bravez la patrie ;
     L'indigence s'écrie :
Les voilà ces tyrans, de mes pleurs abreuvés.

Ce chêne fastueux, qui vers les Cieux s'élève,
Des arbrisseaux voisins, nuds, privés de leur séve,
Epuise tous les sucs pour nourrir ses rameaux.
Tel le luxe pompeux, dont l'éclat vous honore,
      Pour ses plaisirs dévore
La substance du peuple & s'étend par nos maux.

D'où peut naître un penchant qui détruit la justice ?
La nature jamais n'inspira l'avarice ;
Les hommes à ses biens ont tous un droit pareil.
Vous qui prétendez seuls posséder sa richesse
      Quelle est donc cette ivresse ?
Pouvez-vous jouir seuls des rayons du soleil ?

Et toi, pere du jour dont la sphére enflammée
Embráse dans son cours la nature animée,
Pourquoi formes-tu l'or & ses vives couleurs ?
Aussi loin que parvient ta lumiere infinie,
      Ce funeste génie,
A de la race humaine étendu les malheurs.

Si la terre est ta fille, ah ! de ses flancs utiles,
Fais sortir de ses fruits les récoltes fertiles,
Et détruis un métal, instrument de nos maux.

C'est lui qui de nos champs bannissant la culture,
Vers une source impure
Des mortels aveuglés emporta les travaux.

❊

Aussi-tôt qu'il parut, le demon de la guerre
Arma nos mains du fer qui labouroit la terre,
Son sein nourri de sang en repoussa les flots.
Le premier conquérant fut le premier avare.
L'intérêt d'un barbare
Transforma l'homme en monstre, & le monstre en
héros.

❊

Animant de son souffle un amas de chaumières,
Lui-même il en vômit ces légions altières,
Dont l'or plus que la gloire entretenoit l'ardeur,
Et, des glaces du nord appellant une armée,
La rapine affamée
De ce colosse affreux renversa la grandeur.

❊

L'avarice bien-tot, souveraine de l'onde,
Franchit tous les écueils, découvre un nouveau
monde,
Y traîne avec la mort des brigands furieux.
Mexique, où sont les murs de tes villes brillantes?
Que de meres sanglantes
Cherchent dans tes débris leurs enfans & tes Dieux!

Faut-il que l'intérêt, le pere de la haine,
Régne fur tous les cœurs affervis à fa chaîne ?
Le prodigue eft fouvent un avare caché.
Le Créfus pour l'orgueil fait couler fa richeffe,
Et fon fafte fans ceffe,
Lui raméne fon or pour lui feul épanché.

C'eft ainfi que les eaux dont les gerbes liquides
Vont embellir des airs les campagnes humides,
Etalent des préfens deftinés à leurs bords.
Les voyez-vous jaillir ? Le tube qui les lance,
De leur vaine abondance
Bien-tôt dans le baffin reverfe les tréfors.

Riches, qu'à vos regards l'avarice flétrie
Vous laiffe de vos biens fécourir la Patrie.
Lui refufer vos dons eft un noir attentat.
Faites des Artifans mouvoir les bras fertiles.
Ces efclaves utiles
Sont plus nobles que vous, s'ils fervent mieux l'Etat.

En vain de votre rang l'orgueil les humilie,
Le deftin vous fépare & le befoin vous lie.
Leur vie eft leur falaire & vous le retenez,

Du cri de la douleur ils frappent vos oreilles.
Et de leurs rudes veilles,
Ils demandent le prix, à vos pieds prosternés.

❀

Je vous vois dans nos champs conduits par la
rapine,
Aux Laboureurs plaintifs apporter la famine,
La peine est tout le fruit qu'ils moissonnent pour eux.
Auteurs de l'abondance ils traînent leur misère,
Et votre cœur sévère,
Au milieu de leurs maux vous permet d'être
heureux!

❀

Vos dons mieux que les loix retiendroient la licence;
Pressés entre la mort & la pâle indigence,
Que de mortels contraints à détester leurs jours!
Vous les forcez au crime, & leur corps qui succombe
De la nuit de la tombe,
Contre vos cruautés implore le secours.

❀

Ainsi de la pitié repoussant le murmure,
L'orgueilleuse opulence outrage la nature,
Et de l'humanité rompt les augustes nœuds.
Ciel! lance tes carreaux & frappe le barbare
De qui la main avare,
N'a jamais essuyé les pleurs du malheureux!

❀

Que fes enfans détruits trompent fes efpérances !
Des biens qu'il amaffa que les tréfors immenfes
A fes yeux enlevés augmentent fes horreurs !
Sur fon front ténébreux que l'infamie empreinte,
     Retienne par la crainte
Tous ceux dont l'avarice excite les fureurs !

ODE AVEC DES CHŒURS.

La ruine de Jérusalem par Titus.

O D E VI.

Le Seigneur a parlé, tremble Cité perfide,
Entends le bruit des chars que sa vengeance guide;
Tremble Jérusalem, tes murs sont investis,
Vois s'elever dans l'air des torrents de fumée.
  Une effroyable armée
Va traîner tes enfans dans la flamme engloutis.

  Déja par la rage ébranlées
  Tes tours s'écroulent en éclats,
  Et tes cohortes désolées
  Cherchent la force de leurs bras.
  Le Dieu qu'osa blesser ton crime
  De sa colére ouvre l'abîme,
  En verse les flots dévorants.
  Parmi le deuil & les ténébres
  Du trépas les aîles funébres,
  Couvrent tes peuples expirants.

Malheureufe Cité, tu n'as plus de murailles,
Et les monceaux de morts font le champ de bataille
Où peuvent s'appuyer les pieds de tes foldats ;
Tu n'as plus de foutien & tu veux te défendre,
     Peux-tu ne pas entendre
Ces cris plaintifs mêlés à l'horreur des combats ?

CHŒUR D'ISRAÉLITES,

Grand Dieu, regarde nos miféres,
Elles augmentent tous les jours,
Vois couler nos larmes améres ;
De nos maux arrête le cours ;
A nos corps la force eft ravie.
Il ne nous refte plus de vie
Que pour implorer ton fecours.

Il n'eft plus temps, ingrats, d'invoquer fa clémence,
Vous ne méritez plus que fa jufte vengeance :
Vos ennemis cruels en font les inftruments.
S'il vous aimoit encòr, d'un mot de fa puiffance
   Il confondroit ces lions écumants,
     Et bien-tôt leur armée entiére
     Seroit femblable à la pouffiére
   Que chaffe le fouffle des vents.

CHŒUR D'ISRAELITES FACTIEUX.

Notre courage eſt en nous-mêmes,
La victoire dépend de lui ;
Et dans tous les périls extrêmes
Le cœur du brave eſt ſon appui.
Combattez , Soldats intrépides ,
Le ſort céde aux audacieux :
L'art foible d'implorer les cieux
Eſt le partage des timides.

❀

Cruels ! quoi, votre bouche a vomi ces horreurs !
Dieu ſeul dans tous les tems effaça vos malheurs,
Mais rien n'égale enfin le ſort qui vous accable.
Le pain trempé de ſang eſt un mets qui vous fuit ;
Une famine épouvantable
Vous nourrit de mourans que le glaive détruit.
Ciel ! une mere impitoyable
De ſes malheureux flancs a dévoré le fruit.

ISRAELITES.

O crime ! qui du jour ternit la clarté pure.
Jourdain , pleure , gémis , par ton affreux murmure
Apprends aux Nations le plus noir des forfaits.
Après avoir outragé la nature ,
Pouvons-nous du Seigneur eſpérer les bienfaits :

ISRAELITES FACTIEUX.

Combattons, de nos bras attendons les effets.

ISRAELITES.

Il faut nous rendre.

ISRAELITES FACTIEUX.

Il faut nous défendre.
Le Temple reste, allons tous l'affermir,
Malgré son Dieu qui semble nous trahir.

ISRAELITES.

Voyez-vous s'élancer nos ennemis terribles ?
L'air retentit de leurs clameurs horribles.

CHŒURS DES ROMAINS.

Courons, redoublons nos efforts:
Courons du Temple enlever les trésors.
De ses colonnes magnifiques,
De l'or qui couvre ses portiques
Faisons un immense butin.
Que ses vases, ses pierreries
Fatiguent nos mains enrichies;
Triompher est notre destin.

ISRAELITES FACTIEUX.

Du Temple défendons les portes
Qu'il demeure immobile entouré de nos bras,
Aux armes, citoyens, ranimez vos cohortes,
Frappez & lancez le trépas.

ISRAELITES.

ISRAELITES.

Dieu, nous ferons vainqueurs, fi pour nous tu
combats.

ISRAELITES FACTIEUX.

Victoire, l'ennemi fe trouble.
Voyez tous fes rangs enfoncés.

ISRAELITES.

O ciel! fon audace redouble,
Et nos foldats font renverfés.

ROMAINS.

Aux frémiffemens du carnage,
De la flamme ajoutons l'horreur;
Et du plus funefte ravage
Que tout retrace la fureur.
Dans le temple que la mort régne;
Cours, vengeance, cours l'embrafer;
Et fi le feu doit s'appaifer,
Que ce foit le fang qui l'éteigne.

ISRAELITES.

O malheur! trifte effet de nos divifions;
Déja le Temple s'allume,
Son enceinte fe confume.

ISRAELITES FACTIEUX.

Qu'il foit détruit avant que nous cédions.

F

ISRAELITES.

Dieu, conferve ta gloire & viens par un miracle
Diſſiper ces légions ,
Sors toi-même du Tabernacle
Qui de ta majeſté fait briller les rayons.

ISRAELITES FACTIEUX.

Quelle eſt cette ombre reſpectable
Qui d'un vol léger fend les airs?

ISRAELITES.

La terreur part de ſon front redoutable
Et ſes yeux lancent des éclairs.

DANIEL.

Peuples, écoutez-moi, tremblez à ma préſence!
Victimes des malheurs que je vous ai prédits,
Dieu m'avoit dévoilé les jours de la vengeance,
Rentrez dans le néant, ces jours ſont accomplis!
Voyez l'effet de mes menaces,
La mort, la déſolation
Du Temple ont dévoré les traces.
Dieu ſur un autre Peuple fait pleuvoir ſes graces,
Vous n'êtes plus ſa Nation.

Je vous annonçai le Meſſie,
Éternel objet de vos vœux,
Il paroît, votre frénéſie
Lui deſtine un trépas affreux.
Tandis que les rochers ſe fendent,
Que par leurs ſoupirs ils défendent
Le Chriſt qui tombe ſous vos coups,
Vous l'accablez de vos outrages,
Mais ſon ſang ſur vos fronts ſauvages,
Grave les traits de ſon courroux.

De ce ſang eſt ſortie une Sion nouvelle,
Ciel ! vois de ta grandeur une image fidelle,
Vois rentrer dans ſon ſein les Peuples & les Rois !
Les faux Dieux ſont détruits, briſés comme le verre ;
    Du vrai Dieu Rome entend la voix.
Reſtitue au Sauveur l'empire de la Terre,
Et l'Aigle triomphant ne céde qu'à la Croix.

A MADAME LA COMTESSE DE G ...

ODE VI.

Ah ! le parfait bonheur n'eſt que dans la nature ;
    C'eſt de penſer & de jouir,
Il n'eſt jamais le fruit d'une vaine impoſture
    Qui flatte pour s'évanouir.

Oui, j'en appelle à vous, d'un ſéjour ſolitaire
    Vous chériſſez la liberté ,
Vous venez y penſer lorſque laſſe de plaire
    Vous cherchez la félicité.

Arbres, couronnez-vous de vos plus beaux feuillages ;
    Printemps , ranime tes couleurs,
Que la terre embellie apprête ſes hommages ,
    Vénus eſt la Reine des fleurs.

La nature à vos yeux étalant ſes prodiges
    Vous montre leurs reſſorts divers,
Et votre eſprit des ſens écartant les preſtiges
    Semble interroger l'Univers.

Dès que les dons vermeils de l'Amant d'Érigone
 Auront fait rougir les côteaux,
Que les Silvains dansants sous les yeux de l'Automne
 Lui porteront les fruits nouveaux.

❊

J'irai, n'en doute pas, oublier cette ville
 Où les forfaits ont des flatteurs,
Où la vertu soupire, où l'audace servile
 Rampe pour monter aux honneurs.

❊

Ville, où le sentiment n'est que l'instinct du vice,
 Où les plaisirs font des tourmens,
Où ceux qui des vertus élévent l'édifice,
 En détruisent les fondemens.

❊

Ville où l'on voit les mœurs aux mépris condamnées,
 Où la verité craint le jour
Où les Graces, enfin, Bacchantes effrénées
 En orgie ont changé l'amour.

❊

L'imposture dans l'ombre y fabrique ses armes;
 Prête à frapper elle sourit,
Et l'amitié qui semble y prodiguer ses charmes;
 Embrasse ceux qu'elle trahit.

O vertus ! dans les bois j'irai vous rendre hommage
 Et chérir vos charmes ſecrets,
Humanité, faut-il pour trouver ton image,
 Chercher l'homme dans les forêts ?

Vous qui peuplez nos champs, ſous une humble
  chaumiere,
 Je vois la vertu qui nous fuit.
En vain notre ſavoir fait briller ſa lumiere.
 Votre ignorance nous inſtruit.

L'amour dans vos hameaux à l'ombre du myſtère
 De roſes embellit ſes traits,
Et l'aimable candeur d'une jeune bergère,
 Vous charme plus que ſes attraits.

Vous n'éprouvez jamais les détours des coquettes
 Qu'arrête une fauſſe pudeur ;
Et toujours les accords de vos tendres muſettes
 Du ſentiment peignent l'ardeur.

Hélas! chez nous l'amour neſt plus qu'un goût frivole
 Feu léger qu'allument nos ſens,
Si nous ſommes heureux nous outrageons l'Idole
 Pour qui nous brûlions notre encens.

Jufques dans nos tranfports tout n'eft plus
    qu'impofture,
   Le defir eft enfant de l'art,
Et la beauté forcée à mafquer la nature,
   Du menfonge emprunte le fard.

❀

Mais pourquoi donc blâmer ce fexe né fincère,
   Nos maximes l'ont dégradé,
Dans les détours obfcurs d'une route étrangère,
   Nous-mêmes nous l'avons guidé.

❀

Viens, fexe raviffant, viens dans les bois paifibles
   Reprendre ta fimplicité,
Abjure nos erreurs, oui les âmes fenfibles
   Aiment toujours la vérité.

❀

Mais hélas ! dans les champs quand ma voix te
    rappelle,
   Puis-je en oublier les malheurs !
Verrois-tu fans frémir la mifére cruelle,
   Qui femble y femer les douleurs ?

❀

Quel crime ont-ils commis, ces mortels que
    déchirent
   Des fupplices toujours nouveaux ?
Epuifés, expirants ils fe traînent, foupirent
   Courbés fous le poids de leurs maux.
       F iv

Cependant leurs travaux enrichiſſent du monde
La dédaigneuſe oiſiveté,
Et , ranimant le ſein de la terre féconde,
Ils recueillent la pauvreté.

❋

Telle une mine d'or à des maîtres ſtériles,
Prodigue ſes riches métaux :
Tandis qu'ouvrant ſes flancs, des eſclaves utiles
N'y font que creuſer leurs tombeaux.

❋

Vers des chaumes obſcurs la douleur qui me traîne
M'offre des enfans éplorés,
Leur Pere les conſole & ſoutient avec peine
Leurs corps par la faim dévorés.

❋

Son épouſe plus loin tremblante , pleure, crie;
Elle arrache un fils de ſon flanc,
Son fils preſſant en vain la mammelle flétrie
Au lieu de lait ſucce le ſang.

❋

Cependant cette mere à tous les maux livrée
Que le beſoin remplit d'horreur,
Au bonheur de l'Etat victime conſacrée,
Vient d'enfanter un laboureur.

Infortunés Mortels, le Ciel vous fit-il naître
  Pour vous livrer aux coups du fort ?
A l'afpect de vos maux je rougis de mon être,
  Et mon cœur appelle la mort.

Si je pouvois du moins, en effuyant vos larmes,
  Goûter le plaifir d'être heureux,
Fortune, tes tréfors auront pour moi des charmes
  Si je puis les verfer fur eux.

Vous fentez ces defirs, ô vous, dont le courage,
  Du luxe abhorre les forfaits,
Vous jaloufe de fuir la Déeffe volage,
  Qui fans choix répand fes bienfaits.

Ah ! s'ils pouvoient tomber fur ces hommes que
  preffe,
  Du fort l'implacable courroux,
Je verrois la fortune imitant la fageffe,
  Agir & penfer comme vous.

ODES NOUVELLES

LIVRE TROISIÉME.

LA VENGEANCE.

ODE I.

DÉs que de son Auteur défigurant l'image,
L'homme ingrat vers le crime eut porté son hommage,
    L'air se couvrit d'un voile épais.
Le Tonnerre éclata, signal de la vengeance,
    Qui devoit à jamais attester la puissance
    D'un Dieu qui punit les forfaits.

Il confond à son gré la race criminelle,
Rien ne peut le tromper, de sa gloire éternelle
    Il est lui-même le garant.
Il parle, & d'un seul mot il fait trembler le monde,
Son regard est sa force, & la foudre qui gronde,
    N'est que son souffle dévorant.

Cependant les humains, ces fragiles atômes;
D'une vaine grandeur fabriquant les phantômes,
    Penſent qu'ils peuvent s'outrager.
Menacent, emportés par leur audace altiére,
Et le ver qui ſe traîne au ſein de la pouſſière,
    Du moucheron veut ſe venger.

Quel barbare plaiſir dont l'ardeur trouble l'âme,
Et qui de la diſcorde entretenant la flâme,
    Enfonce nos mains dans le ſang,
Obſcurcit la vertu des vapeurs de l'envie,
D'un rival trop puiſſant, oſe acheter la vie,
    Ou d'un frere perce le flanc.

Ce malheureux amant pour mieux rompre ſa chaîne,
Sur le char de l'Amour a fait aſſeoir la haine;
    En cris s'exhalent les ſoupirs.
Guidé par le ſoupçon, qui dans ſon cœur s'élève,
Il court, l'œil égaré, s'arme, frappe d'un glaive
    Un ſein, le trône des plaiſirs.

❀

Va, mortel forcené, va par tes regards ſombres,
Implorer le trépas, & des plaintives ombres
    Irriter le ſéjour bruyant.

Vois Sifyphe, Ixion qu'épouvante ton crime,
Courir, & fe cacher dans le plus noir abîme
    Pour fuir ton afpect effrayant.

Vous qui dans le Tartare exercez la juftice,
Pour ce vil affaffin inventez un fupplice,
    Dont les enfers puiffent frémir.
Qu'il dévore fon cœur, que la foif qui le preffe
Se rallume toujours & s'abreuve fans ceffe
    D'un fang qu'il entende gémir.

O divine amitié! viens contre la vengeance
Armer tes droits facrés, & par ton indulgence
    Des mortels adoucir les mœurs.
Que deux cœurs font heureux en éprouvant tes
        charmes!
L'amour brife fes traits, & le malheur fes armes,
    Contre tes nœuds formés de fleurs.

Mais l'honneur, d'un feul mot excitant les querelles,
Divife deux amis, arme leurs mains rebelles,
    Ils menacent en foupirant.
Le fer brille. Quels coups ! ô ciel ! l'un d'eux fuc-
        combe !
Le vainqueur malheureux fe maudit, pleure, tombe
    Aux pieds de fon ami mourant.

(a) Fronton de la juſtice infléxible adverſaire,
Publia dans le Nord ce Code ſanguinaire,
    Qui par le fer régle les droits.
L'orgueil favoriſa ce barbare ſyſtême,
Et le Sujet pouvant ſe venger par lui-même,
    Crut qu'il marchoit l'égal des Rois.

Mais l'honneur, diſons-nous, veille à notre défenſe.
Non. Ce tyran, qui ſemble effacer une offenſe,
    Attache la honte à nos pas.
Hélas! connoiſſons mieux le ſublime courage,
Sa gloire brille plus à pardonner l'outrage
    Qu'à ſe venger par le trépas.

Eh! quoi donc un guerrier qui par les cicatrices
Porte empreints ſur ſon corps ſes glorieux ſervices,
    Dont les lauriers ceignent le front,
Verra ſon nom périr au ſein de l'infamie;
Si ſa coupable main par la haine affermie,
    Ne punit un léger affront.

Eſt-ce par un forfait qu'il défendra ſa gloire?
L'erreur qui lui commande une injuſte victoire
    Lui tend un piége ſuborneur.

(a) Roi de Scandinavie.

Peut-il, couvert de fang mériter la louange?
Dès qu'il eft affaffin la valeur qui le venge,
   Ne trahit-t-elle pas l'honneur?

Que dis-je, la vengeance annonce la foibleffe;
Et le cœur irrité d'un vain mot qui le bleffe,
   Lui-même eft fon accufateur.
D'une infulte impunie il craint la flétriffure;
Infenfé préjugé, la fange de l'injure
   Ne peut fouiller que fon auteur.

Vous, François généreux, dont l'honneur eft l'Idole,
Au feul devoir ce Dieu vous lie & vous immole,
   Et votre fang n'eft point à vous.
Il eft à votre Roi, que vous devez défendre;
C'eft une lâcheté que d'ofer le répandre
   Au gré d'un frivole courroux.

LES BUVEURS.

ODE II.

Ce vin qui brille dans mon verre
M'invite à chanter les buveurs;
O Bacchus, plein de tes faveurs
Je couronne mon front de lierre.
Oui, je vois dans ce jus divin
Le plus beau préfent de la terre,
Puifqu'il diffipe le chagrin.

Sur ces teints que le vin colore,
Le plaifir a femé des fleurs;
Jamais de fi belles couleurs
N'ont paré le front de l'aurore.
Le vieillard s'anime à fon tour,
Il aime, & le vin qu'il adore
Eft pour lui le Dieu de l'amour.

Loin de nous la cérémonie
Où l'ennui dans un beau feftin,
Verfe le Mofele ou le Rhin.
L'on y boit parce qu'on s'ennuie;

Fuyons la gêne ; le plaifir
Eft un enfant de la folie,
Qui l'enchaîne le fait mourir.

Les faveurs que Bacchus difpenfe,
Ne font point d'amis inconftants.
Mais où font les heureux amants,
Tendres, après la jouiffance ?
L'amour même éteint fon flambeau,
Dès que la vieilleffe s'avance ;
Et l'on boit jufques au tombeau.

Venez, ô Sages de la Terre
Chez nous, chercher la vérité ;
La candeur, la fimplicité,
N'habitent qu'à l'ombre d'un verre.
Vous ne trouverez point chez nous
Ces vœux qui font naître la guerre ;
Le plaifir ne rend point jaloux.

D'une paix folide & conftante,
L'auteur qui propofa le plan,
N'imagina qu'un vain roman ;

Mais de la difcorde écumante,
Partout s'éteindroient les fureurs,
Si ce monde qu'elle tourmente,
N'étoit rempli que de Buveurs.

En vain les Sages de nos peines
Offrent le calcul effrayant ;
Le Buveur n'a qu'un fentiment,
Doux plaifir, c'eft toi qui l'enchaînes!
Après l'inftant qui fait jouir,
Le vin coule encor dans fes veines,
Il jouit par le fouvenir.

LES GRANDS.

ODE III.

Tels que ces monts altiers qui couvrent de leurs
têtes,
Tous les arbres voifins qu'ils femblent méprifer,
Ecârtent de leurs troncs la fureur des tempêtes
Et difpenfent les eaux qui vont les arrofer,

Tels au-deſſus de nous, placés par la naiſſance,
Les Grands contre le ſort peuvent nous ſoutenir :
Leurs utiles bienfaits verſés par la puiſſance,
Pour les mieux honorer, doivent nous prévenir.

C'eſt en vain que d'un Grand la valeur triomphante
Remplit le monde entier de monumens fameux :
En vain tout retentit des exploits qu'il enfante,
Il peut faire encor plus, ſervir un malheureux.

Hélas ! pourquoi faut-il que les vertus paiſibles
Moins que les faits guerriers attirent notre encens ?
Nous-mêmes nous formons les tyrans infléxibles,
Qui foulent à leurs pieds les peuples gémiſſans.

Périſſent à jamais ces Grands dont l'ame altière
Goûte en nous écraſant de coupables douceurs.
Ils ne courbent nos fronts cachés dans la pouſſière
Que pour être mieux vus au ſommet des honneurs.

Quel eſt, Grands, répondez, cet intervalle im-
　　　menſe
Qui tracé par l'orgueil vous éloigne de nous ?
Ah ! pour être moins fiers contemplez la diſtance
Que la Couronne a miſe entre le Prince & vous.

Par quels détours obscurs montez-vous à la place
Dont vous ne soutenez que le nom fastueux.
La sourde ambition a fait ramper l'audace
Pour jetter dans l'abîme un rival vertueux.

Hélas ! combien d'ennuis, d'amertumes, d'outrages ,
Vous vendent les faveurs dont vous combla le sort ?
Après avoir enfin triomphé des orages ,
L'écueil le moins prévu vous attend dans le port.

Même en servant des Rois la cause politique ,
Quel fruit de vos exploits vous est-il revenu ?
L'intrépide Cortés, ce vainqueur du Mexique ,
Vit à la Cour de Charle à son maître inconnu.

Fiers Colosses , un souffle a donc pu vous abattre ;
Votre chûte à nos yeux vous a bien découvert ;
Vous n'êtes que des nains montés sur un théâtre,
Et n'avez rien de grand, que l'orgueil qui vous perd.

Confondus dans l'asyle où le destin vous jette ,
Le calme de la paix semble irriter vos maux ;
Vous desirez les vents & votre âme inquiette
Regrette encor la mer qui brisa vos vaisseaux.

Un cœur foible s'abbat fous le poids des difgraces;
Le grand homme en foutient les affauts furieux;
En vain tous les malheurs frémiffent fur fes traces;
Il les entend, les foule, & regarde les cieux.

❀

'Ainfi quand l'horifon eft troublé des nuages,
Qu'Eole a répandus dans les airs confternés,
Les globes lumineux au-deffus des orages,
En bravent la fureur dans leurs cours entraînés

❀

Dès que pour prévenir les tempêtes civiles;
Les loix eurent fixé les états différens,
La valeur généreufe & les talens utiles,
De beaux noms décorés eurent les premiers rangs;

❀

Des bienfaits , des travaux, Grandeur, voilà ta
    fource
Tes droits les plus flatteurs font de nous protéger;
La moleffe eft ta mort, brillante dans ta courfe
Tu dois toujours agir & ne jamais changer.

❀

Aux mortels malheureux viens te faire connoître;
Diffipe d'un regard les ombres de leurs nuits;
Servir l'infortuné, c'eft lui redonner l'être;
C'eft du fein des tombeaux faire éclorre des fruits;

Lie à ton char la paix, & des arts qu'elle inspire,
Attache sur son front les lauriers glorieux;
Les beaux arts de la gloire établissent l'empire
Et donnent aux humains les attributs des Dieux.

Offrons nos vœux au Grand qui chérit le génie;
Dans son livre immortel le tems grave son nom.
Ah! pour le célébrer que n'ai-je l'harmonie
Dont Pindare charmoit l'oreille d'Hiéron.

Oui, Pindare inventa les chants les plus sublimes;
Sa voix fit tressaillir les cieux, l'onde & l'enfer;
Il osa, pour louer ses Héros magnanimes,
Prendre l'encens qui brûle aux pieds de Jupiter.

Aussi loin que s'étend la rapide pensée,
Pindare y pénétra par son fougueux essor;
Et lorsque nous croyons son audace lassée,
L'œil étonné des Dieux le voit voler encor.

Il s'élance, & ses doigts agités sur sa lyre
En sons harmonieux enseignent le devoir;
Et les loix qu'il ranime à son brûlant délire
Vont sur le monde entier étendre leur pouvoir.

Ceux qui ne fentent pas fa douce mélodie,
Des fublimes vertus n'entendent point la voix,
Le vice les enchaîne & leur âme engourdie
Ne fauroit du Héros atteindre les exploits.

Sachez , Grands, que les Arts au Temple de
       Mémoire ,
Vantent leurs favoris iffus du plus beau fang;
Et que d'un pur encens allumé par la gloire,
Ils parfument les Dieux affis au premier rang.

Ceft là que N ... de la troupe immortelle
Sur un nuage d'or recevra les honneurs;
Politique profond, pour fon Roi plein de zéle
Il a conduit Bellonne au palais des neuf Sœurs.

Les talents font un luftre aux noms les plus
       fublimes ,
Des lauriers d'Apollon Mars reléve le prix
(a) Ce Grand fi renommé, fage auteur des maximes
Crut ennoblir encor fon rang par fes écrits.

Ce Philofophe vrai qui montra l'impofture
Enchaînant l'univers à l'intérêt vainqueur ,
Eût tracé des humains la plus belle peinture
S'il eût voulu puifer le tableau dans fon cœur.

(a) Le Dvc de la Rochefoucault, Auteur des Maximes.

A une Dame qui vouloit forcer fa Fille
à fe faire Religieufe.

ODE IV.

D'une Fille adorable & ta parfaite image,
Pourquoi, fage Cloé, forcer les fentimens ?
Pourquoi d'un éternel & pieux efclavage,
La contraindre à fubir les myftiques tourmens ?
    Elle doit fuivre ton exemple ;
    Et l'amour a paré le temple,
Où l'hymen veut l'unir par des nœuds plus charmans.

Ne crois pas que jamais fa jeuneffe innocente
Dans un obfcur cachot s'accoutume à fes fers ;
Tu l'entendrois plutôt, fans ceffe gémiffante,
Détefter fes appas d'un voile noir couvert.
    La nuit épouvante l'aurore
    Vit-on jamais l'aimable Flore
Se plaire dans l'horreur des ténébreux déferts ?

Peux-tu donc étouffer l'amour & la juftice,
Et mener la victime à l'autel préparé ?
Ah ! ta voix ne commande un fi dur facrifice

Que pour mieux aggrandir un Fils idolâtré ;
　　Qui par le plus indigne ufage,
　　Dévorant tout fon héritage
Plongera le poignard dans ton fein déchiré.

Tel eft le fort qui fuit ces lâches préférences,
Que réprouvent le fang & la droite raifon :
Des parens aveuglés, les folles efpérances,
Se transforment bien-tôt en fources de poifon,
　　Ainfi le Ciel, juge févère,
　　Sur eux étendant fa colère,
Des devoirs les plus faints punit la trahifon.

Mais, ma Fille, dis-tu, du monde féparée,
Loin de ces faux plaifirs trouvera le bonheur ;
Les maux refpecteront fa retraite facrée.
De ta Fille, dis-moi, connois-tu bien le cœur ?
　　Ah ! plutôt d'un amant éprife
　　Elle ira, telle qu'Héloïfe,
Souiller le Temple faint de fa prophane ardeur.

Ah ! Chloé, n'attends pas que fa douleur amère,
Des pleurs & des foûpirs empruntant le fecours,
Rappelle dans ton cœur le tendre nom de mère,
　　　　　　　　　　　　　　　Et

Et par d'affreux remords empoifonne tes jours;

 A préfent qu'elle eft libre encore,

 Près de l'abîme qu'elle abhorre,

Son timide refpect t'adreffe ce difcours:

✗

O toi, que j'aime plus que le jour qui m'éclaire;

Et que tous les attraits que tu vantes en moi,

L'as-tu donc pu dicter l'arrêt de ma miférе?

Peux-tu voir mon cercueil & le voir fans effroi?

 Je t'avois confacré ma vie,

 Et l'efpérance m'eft ravie,

D'appuyer ta vieilleffe en mourant avec toi.

✗

Hélas! jufqu'à ce jour fi mes efprits dociles,

De tes fages confeils ont fçu fe pénétrer,

Pourquoi dans ces momens, de tes leçons fertiles

Perdre ainfi tous les fruits que tu peux retirer?

 A-t-on vu la main vigilante

 Qui cultive, & nourrit la plante

Aux fureurs de la hache auffi-tôt la livrer?

✗

Ne crains point mes erreurs, tu feras mon égide

Contre tous les dangers qui viendront m'affaillir,

Et mon amour pour toi, ce refpectable guide,

Au fein de la vertu fçaura me retenir.

 Si je dois quitter la fageffe,

 Grands Dieux! flétriffez ma jeuneffe,

Effacez mes appas, s'ils doivent m'avilir.

G

Mais fi ta voix l'ordonne, il faut que j'obéiffe :
Je cours facrifier mes penchans les plus doux.
Eft-ce à moi de fonder les raifons du fupplice ?
Ah ! je préfére enfin ma peine à ton courroux.
  J'irai, nouvelle Iphigénie,
  A l'Autel, immoler ma vie,
Et t'appeller ma mere, en tombant fous tes coups.

X

Tu foupires, Chloé, je vois couler tes larmes ;
Oui, ta Fille renaît dans ton cœur abattu.
Contre le fentiment l'intérét n'a point d'armes,
Elle arrête un projet par tes pleurs combattu.
  Par fon amour feul enchaînée ;
  Ta Fille avec toi fortunée,
Te devra fes plaifirs ainfi que fa vertu.

L'AMOUR CHAMPETRE,

A MADAME DE....

Sur l'Air : *Il eft donc vrai, Lucile.*

ODE V.

Vous partez, Egerie,
Nos champs vont s'attrifter ;
Votre image chérie

Va seule nous rester.
Falloit - il vous connoître
Pour soûpirer toujours ?
Hélas ! faut-il voir naître
Nos maux de nos amours ?

Les jours de votre absence,
Sont d'éternels hyvers,
Ceux de votre présence
Ne font que des éclairs.
Le temps qui nous entraîne,
Voulut donc départir,
Des chaînes à la peine,
Des aîles au plaisir.

La paix & la sagesse
Habitent loin du bruit,
Le plaisir n'est qu'ivresse,
Quand l'erreur le conduit.
Dans un champêtre asyle
L'Amour veut se cacher,
Et s'il court à la Ville,
C'est pour vous y chercher.

La Reine de Cythère
Des Cieux fuit les lambris.

C'eft pour vivre en Bergère ;
A côté d'Adonis.
Des Bois l'ombre amoureufe
Rafraichit fes appas,
Elle ne fut heureufe
Qu'où les Dieux n'étoient pas.

Egerie, au Village
L'amour eft plus charmant,
Ailleurs c'eft un hommage,
Chez nous un fentiment.
La vertu feule anime
Nos innocens amours,
Et dès que l'on eftime
N'aime-t-on pas toujours ?

Pourquoi fuir le myftère
Et la fimplicité ?
Dans nos champs l'art de plaire,
N'eft que la vérité.
La beauté dans les Villes,
N'a que des courtifans ;
Mais dans nos bois tranquilles,
Elle fait des amans.

A MADAME DE L...

Si l'Amour est un Dieu volage,
Il n'est pas moins capricieux;
Souvent sans mesure il partage
Ses trésors les plus précieux.
Mais pourquoi ne chanter que ce rare avantage;
Amour, ne peux-tu donc blesser que par les yeux?
Et qui plaît par l'esprit n'est-il pas ton image?
Crois-moi, ne triomphes pas tant.
D'avoir fait de Clhoé ton plus parfait modéle,
Ne dit-on pas dès qu'on l'entend,
Qu'elle pourroit se passer d'être belle.

COMPLAINTE
D'UNE MOUCHE EXPIRANTE,

A une Dame qui la faisoit souffrir.

Sur l'Air : *Que ne suis-je la fougère !*

Pouvez-vous à tant de charmes;
Joindre un cœur indifférent?
Si je me sers de mes armes,
N'en faites-vous pas autant?
Si pour un trait que je darde

Il me faut ainſi périr,
Tous ceux que votre œil regarde,
Devroient donc vous en punir.

Après tout, de mes bleſſures
On guérit dans le moment,
Mais des vôtres, bien plus ſûres,
On pleure éternellement.
Ah! ſi des Dieux la ſageſſe,
Prenant un ſoin rigoureux,
Puniſſoit tout ce qui bleſſe,
Que deviendroient vos beaux yeux?
J'ai pris le plaiſir pour guide;
Comme l'amour qui vous ſuit,
J'imitai ſon vol rapide

Et la beauté m'a ſéduit.
Si dans mon humeur volage,
J'oſai piquer votre ſein
Le lis dont il eſt l'image,
Trompa mon œil incertain.

De mes maux, jeune Glicère
Profitez à votre tour;
Autrefois je fus Bergère.
Doit-on l'être ſans amour?
Vive, mais un peu farouche,
Je ne voulois que charmer,
Et je fus changée en Mouche
Pour avoir plu ſans aimer.

EPITRES.

LE TRAVAIL
EPITRE I.

À M. Pelletier de Morfontaine

Intendant de la Rochelle.

Soutien de la vertu, dont il nourrit la flamme
Pelletier, le travail est un besoin de l'âme ;
Cessons-nous d'exercer & l'esprit & le corps,
L'ombre d'un froid repos engourdit leurs ressorts ;
L'homme obtint pour agir & la force & l'adresse.
Il sent ses passions repousser la paresse.
Dans sa lâche indolence il végéte, & sur lui,
Pour le rendre au travail, un Dieu verse l'ennui.
Ce devoir est prescrit par la nature entière ;
Le soleil dans son cours fait mouvoir la matière,
Suit les loix qu'établit son Maître en le créant ;
Et le repos du monde en seroit le néant.
La terre, de ses fruits étalés sans mesure,
Couronne nos efforts payés avec usure.
Mere féconde en biens, elle veut les cacher,
Et pour les obtenir il faut les arracher ;
Il faut fendre son sein qui retient ses largesses ;
Oui, Mortels, ce travail est le Dieu des richesses.

G v

L'Espagnol n'a point vû, malgré tous ses trésors,
La solide opulence arriver dans ses ports;
Qu'il cultive ses champs sauvages & stériles;
Un sol qui semble aride a des veines fertiles;
Tels ces monts sablonneux de ronces hérissés,
Cachent des monceaux d'or dans leurs flancs
      entassés.
Avides d'un métal dont la soif nous dévore,
De nos soins assidus nous le verrons éclore.
L'homme laborieux enchaîne le hazard,
Arrête la fortune & monte sur son char.
Tel étoit ce COLBERT, dont l'active prudence
A fait par cent canaux circuler l'abondance.
Le sublime talent de régir les Etats,
N'est que l'art créateur d'en occuper les bras.
Voyez dans ces marais ce Peuple infatigable,
Jetter les fondemens d'un pouvoir respectable;
De l'Aigle qui l'opprime enfin braver les loix,
Et terminer souvent les querelles des Rois.
Le cri de l'indigence éveillant l'industrie,
Appelle la fortune au sein de sa patrie;
Pour nourrir notre luxe il redouble ses soins,
Sobre, laborieux, puissant par nos besoins.
Enfin, sans le travail, la nature sauvage
D'un immense désert nous offriroit l'image.
C'est lui qui rapprochant les mortels plus heureux,
Renouvella le monde & l'embellit pour eux:

De l'Egypte admirons les pompeufes merveilles,
Fruits éclos du génie & des pénibles veilles :
Ces Monumens fameux, ouvrages des Romains,
Dont le temps étonné refpecte les deftins ;
Ces Jardins, de la terre orgueilleufe parure,
Et que pour fes enfans adopte la nature ;
Ces folides chemins, ces menaçans remparts,
Qui de Bellonne en feu repouffent les hazards ;
Et ces Châteaux flottans, qui, fouverains de l'onde,
Rapprocherent pour nous les limites du monde.
Contemples ces Palais, ce Louvre merveilleux,
Qu'un Mécène éclairé reproduit à nos yeux :
Ce Verfailles fuperbe, où vainqueur des obftacles,
L'art femble fur nos pas prodiguer les miracles ;
Perçant des monts affreux par fa force ébranlés,
Le travail des deux Mers unit les flots troublés ;
Des fanges d'un marais je vois fortir des Villes,
Les rochers font peuplés & les déferts fertiles ;
Le Commerce s'étend & fes rameaux divers,
Avec foin cultivés, embraffent l'univers.
Oui, tout céde au travail ; dans les ombres du
        doute
Sans lui des vérités eût-on trouvé la route ?
Seul l'efprit ne peut rien : il fe traîne en tremblant,
Et même le génie, effor d'un cœur brúlant,
Sans une longue étude en feux mourans s'exhale ;
C'eft Alcide énervé qui file aux pieds d'Omphale,
                    G vj

O France ! tes efforts enfanterent ces arts ;
Qui fur toi de l'Europe ont fixé les regards.
Vois couler dans ton fein les richeffes qu'attire
Ce luxe, qui nourrit le corps d'un vafte Empire.
Aimes tes artifans ; c'eft à toi d'animer
Ces mortels que l'orgueil rougiroit d'eftimer.
Entouré des plaifirs dont le choix le tourmente ,
Ce Créfus enrichi des malheurs qu'il augmente ;
Voit ces vrais citoyens comme ces animaux ,
Que pour traîner fon fafte il condamne aux travaux ;
Eft-il homme lui-même en fon repos ftérile ?
Il eft au rang des morts dès qu'il n'eft pas utile :
Ces mortels méprifés font pourtant plus heureux :
La pompe eft pour le riche & le plaifir pour eux ;
Le plaifir eft enfant du befoin qui l'appelle ,
Au fouffle du defir fon feu fe renouvelle ;
Le travail nous prépare à fentir fes douceurs ;
Et c'eft pour le travail qu'il prodigue fes fleurs.
De l'oifive molleffe il ne fond pas la glace,
Et lorfqu'elle jouit c'eft l'ennui qu'elle embraffe.
Oui, PELLETIER, crois-moi, ce bonheur qu'on
    pourfuit,
N'eft qu'un jour échappé des ombres de la nuit.
La fanté , ce vrai bien , le feul digne d'envie,
Puifqu'il peut adoucir les malheurs de la vie ;
La fanté , du plaifir inféparable fœur,
D'un pénible exercice emprunte fa vigueur;

Ce Laboureur robuste, au bout de sa carrière,
Jouit de ce trésor, que l'opulence altière
Desire & n'obtient point, malgré les vains secours
Qu'elle achete de l'art pour prolonger ses jours.
PELLETIER, tout enfin au travail nous anime;
Et s'il est un devoir, la paresse est un crime;
Le mortel inutile est un sujet ingrat,
Par son oisiveté coupable envers l'Etat.
Les Rois même, les Rois liés à des entraves,
De leur triste grandeur ne sont-ils pas esclaves?
En vain la flatterie éléve leur pouvoir,
Ils ont au-dessus d'eux le rigide devoir;
Ah! puissent-ils flétrir cette molle indolence,
Qui de nos citoyens éternise l'enfance,
Et qui berçant le corps étendu sur des fleurs,
Est l'aliment du vice & le poison des mœurs.
C'est ainsi que d'Achille on n'eût fait qu'un
        Thersite,
Du vaillant fils d'Alcméne un lâche Sybarite.
Par le luxe énervé l'homme expire au berceau;
La main qui le caresse en creuse le tombeau:
Sur un mont orageux qu'entoure un précipice
S'éléve d'un Palais le pompeux édifice;
On approche, une voix fait entendre ces mots:
Loin d'ici, vils Amans d'un coupable repos;
De cent monstres affreux excitant la cohorte
Le danger en défend la redoutable porte.

La terreur les bras nuds & les cheveux épars ;
Sur les pas de la mort vole autour des remparts.
Mais plus grand au milieu des obstacles qu'il
    dompte,
Par la gloire enflammé le courageux y monte;
Dans le Temple on ne voit que des exploits
    brillans,
Que des Héros courbés sous leurs lauriers sanglans:
On voit le champ de Mars, cette école guerrière,
Où des Romains couverts d'une noble poussière,
Apprennent, endurcis par d'éternels efforts,
A joindre le courage à la vigueur du corps;
C'est par-là que César triomphe en Thessalie.
Pour rétablir l'honneur d'une armée avilie,
Métellus sans relâche occupe ses soldats;
L'austère discipline est le nerf des combats.
Mais détournons nos yeux de ces tristes images;
Guerre, n'offre jamais tes funestes ravages.
Employons mieux nos bras qu'ont souillé tes horreurs.
Les avons-nous reçus pour servir tes fureurs ?
Exerçons-les plutôt dans ces terres désertes,
Sources des vrais trésors, par des ronces couvertes.
Des mortels bienfaisans les essais couronnés,
Promettent d'heureux fruits aux efforts destinés;
Imitant de SULLY les maximes fertiles,
LOUIS veut ranimer les Campagnes stériles.
Elles fixent ses vœux, puisse un Roi vigilant

Aider le Laboureur, annoblir fon talent!
Déja, s'étend partout l'utile Académie,
Jaloufe d'éveiller la culture endormie,
Et fes foins du Commerce augmentant les canaux,
Vont à notre induftrie affervir nos rivaux.
Ciel, de ces Citoyens éternife le zèle :
La vertu fecourable a droit d'être immortelle ;
Toi, dans cette vertu politique affermi,
PELLETIER, de l'erreur implacable ennemi,
Viens, fur l'oifiveté fais tonner l'éloquence,
Ce vice d'un Empire énerve la puiffance.
L'homme pour être heureux a befoin d'un appui;
Il faut vers le bonheur le traîner malgré lui.
Etale à fes regards tes maximes prudentes,
Ouvre encor fous fes pas des mines abondantes;
Mais condamne le joug d'un travail détefté,
Qui feroit pour le crime un tourment mérité,
Où des-hommes courbés, & traînant leur mifère,
De la peine en mépris reçoivent le falaire.
Où, placés au-deffous des plus vils animaux,
Ils l'emportent fur eux par l'excès de leurs maux.
L'homme doit, en dépit de l'orgueil qui le brave,
Travailler en Sujet & non pas en Efclave.

ÉPITRE II.

A MONSIEUR DE F...

DANS un Château, jadis fameux,
Que pour une Nymphe jolie
Fit bâtir, à ce qu'on publie,
Des Valois le plus courageux,
Quoique malheureux à Pavie.
Mon cœur semble arrêter le torrent de la vie,
Et ne sçauroit porter envie
A ces plaisirs tumultueux
Dont la pénible frénésie,
A Paris seul, fait des heureux.
Que j'aime à parcourir ces lieux
Où ce rival de Mars, déposant son tonnerre,
Las de faire trembler la terre;
Marchoit environné des plaisirs & des jeux,
Qui, cachant sous des fleurs son sanglant cimeterre
Des plus beaux myrthes de Cythère
Ornoient son front victorieux,
Et, sur les Drapeaux de la guerre,
Traçoient en folâtrant des chiffres amoureux.
Pour le tendre objet qui l'attire,
Quand le cœur d'un Héros est une fois épris,
Sur son front la terreur expire;

Mars auprès de Venus a les yeux d'Adonis,
Mais dans ces lieux, où tout confpire
A flatter mes vœux les plus doux,
Au fein du bonheur, je defire;
Puifque je vis fi loin de vous;
Pourquoi voudrois-je m'en défendre,
Il faut l'avouer fans détour,
Lorfqu'elle remplit un cœur tendre;
L'amitié reffemble à l'amour.
En vain chaque nouvelle aurore
Pour un nouveau plaifir en ces lieux femble éclorre:
Mon cœur répéte, au milieu d'un beau jour,
Il eft des Morrels que j'adore,
Qui ne font point dans ce féjour.
Vous le fçavez, je vis auprès d'une Comteffe;
Qui pourroit fe paffer pour captiver nos cœurs,
De tous les appas enchanteurs,
Dont voulut l'embellir le Dieu de la tendreffe.
Elle n'a point l'air apprêté
De toutes ces femmes hautaines,
Qui, dans un vieux château, minucieufes Reines
En vantent toujours la beauté;
Qui nous applaudiffant d'habiter leurs demeures,
Tracent de nos plaifirs l'efpace limité,
Comme l'Airain fonant régle le cours des heures;
Et, mariant nos jeux avec leur vanité;
De leurs amis font des efclaves,

Et nous préparent des entraves
En nous prêchant la liberté;
Je fuis encor fort entêté,
De ce Comte à l'humeur courtoife
Qui fait paroître tour-à-tour,
L'efprit fin d'un homme de cour,
Et cette franchife gauloife,
Que l'on croit morte avec l'amour.
Nous avons des femmes charmantes,
Qui dans le Palais de nos Rois
N'ont porté pour tributs que des vertus touchantes,
Et de la vérité n'ont point trahi les droits.
Tout me fait chérir cet afyle;
C'eft ici que l'ame fertile
Retrouve fa vigueur qu'affoupiffoient les fens.
Que la folie aime la ville
Et fous fes étendarts traîne fes habitans;
Avide de jouir de fa raifon tranquille
Le Sage préfére les champs.
Forêt, dont je chéris la majefté hautaine;
Où j'ai fouvent penfé fous un ombrage frais,
Où bien-tôt le temps qui m'entraîne
Me fera graver fur un chêne
Et mes plaifirs & mes regrets.
En vain notre raifon, efclave de la haine,
Nomme tes habitans des monftres dangereux;
J'écarte loin de toi ces injures atroces,

Je ne connois pour animaux féroces,
Que tous les hommes vicieux.
On ne voit point chez toi les serpens de l'envie,
Les reptiles impurs qu'arme la calomnie,
Ni ces insectes tortueux;
Mechans sans être venimeux.
Le fruit de nos excès, l'affreuse maladie,
Ne t'arrache jamais des soupirs douloureux;
Ces arbres toujours vigoureux,
Eternisent leur existence;
Le temps semble affermir leur âge triomphant;
Et l'homme ne vit qu'un instant,
Pour expirer dans la souffrance.

EPITRE III.

A M. l'Abbé POULE, Abbé de Nogent &
Prédicateur du Roi; sur la méthode
de diviser les discours.

QUAND l'éloquence dans Athènes
Etalant ses riches trésors,
Des passions brisoit les chaînes,
Et voyoit ses heureux efforts
Maîtriser un peuple volage,
L'enflâmer de guerriers transports,
Et le préserver de l'orage

Qui venoit fondre dans ſes ports ;
Alors ſa beauté vive & pure
Mépriſant des charmes trompeurs ;
Dans les ſources de la nature
Puiſoit ſa vie & ſes couleurs :
Pourquoi d'une frêle parure
Auroit-elle emprunté les fleurs ?
L'ajuſtement n'eſt qu'impoſture.
Une Belle ſimple & ſans art
Sur les cœurs regne en ſouveraine ;
Tandis qu'une coquette vaine,
Ne peut les toucher par ſon fard.
Alors ſa force impétueuſe,
Sans porter des coups médités,
Sous ſa puiſſance impérieuſe
Faiſoit fléchir les volontés.

Elle ignoroit l'art ſophiſtique
De ſes fades tranſitions,
Et la méthode didactique
De nos froides diviſions ;
Dont le compas géométrique
Dirige les dimenſions ;
Et qui ſous leur joug tyrannique
Enchaînant nos ſenſations,
Rendent notre ame léthargique,
Et d'un ſouffle ſoporifique
Endorment nos affections.

Auſſi de ſa voix foudroyante
Elle étonnoit les Auditeurs,
Et ſon action véhémente
Troubloit & ſubjuguoit les cœurs,
Maintenant par queile manie
A-t-elle imité l'harmonie
De ces concerts mélodieux,
Dont la douceur charmant l'oreille;
Affadit l'ame qui ſommeille
Dans un calme faſtidieux?
Méthode, ſi ſort approuvée,
Trop ſubtile combinaiſon,
Fille de la froide raiſon,
N'es-tu pas la cauſe éprouvée,
De ce funeſte changement?
Oui, dans tes liens captivée,
L'éloquence foible, énervée
N'eſt plus qu'un corps ſans mouvement.
L'eſprit aime la ſymétrie,
Mais il n'atteint jamais le beau.
Géné dans ſa route chérie,
Il eſt ſemblable à cet oiſeau,
Dont le vol raſe la prairie,
Ou les bords fleuris d'un Ruiſſeau:
Le génie ardent, intrépide,
Imite l'aigle audacieux,
Qui ſeul, ſans ſoutien & ſans guide,

Emporté d'une aîle rapide
Va se se repofer dans les Cieux;
Lorfque par fa vertu puiffante,
Cette flamme vive & preffante
Echauffé, embrafe un orateur:
A chaque objet qui fe préfente
Il fent redoubler fa chaleur;
Il court, il s'agite, il s'élance;
Il tonne, & les foudres qu'il lance,
Pénétrent tout d'un feu vainqueur;
Dans le mouvement qui l'entraîne,
Il ne connoît aucune chaîne,
Qui doive arrêter fon ardeur;
Tels font les effets du génie;
L'auftère contrainte eft bannie
De fes ouvrages excellents.
En vain l'art, maître defpotique,
Veut par fa morgue flegmatique,
Refroidir fes accès bouillans;
Il brave les règles qu'il trace,
Affuré qu'une noble audace
Fait les fuccès les plus brillans.
Ces grands traits d'un difcours fublime,
Qui triomphent de l'Auditeur,
Pourroient-ils partir d'un Rhéteur,
Que jamais un beau feu n'anime,
Qui fous le compas & la lime

Arrange & polit tous fes mots?
Rarement voit - on des Efclaves
Agir & penfer en Héros.
Un Athlete dans des entraves
Ne peut fignaler fa valeur,
Et , malgré fa menace fière,
S'il n'eft libre dans la carrière;
Ses coups tomberont fans vigueur.
Il eft pourtant une ftructure
Dont l'effet s'annonce toujours,
Dans l'édifice d'un difcours;
Un plan de qui la marche fure
Sert à le régler dans fon cours;
C'eft ce fil dont l'heureux fecours,
Préfentant une route aifée,
Guida l'intrépide Théfée,
Au travers de nombreux détours.
Mais ce plan où tout fe rapporte,
Faut - il toujours le refpecter?
Non; quand un Orateur s'emporte,
Quand un zéle ardent le tranfporte,
Il doit ofer s'en écarter.
Ainfi lorfqu'entre deux armées,
De même fureur enflammées,
On tente le fort des combats;
D'abord on s'ébranle, ou s'avance,
Un ordre fruit de la prudence;

Anime & conduit tous les bras :
Mais aussitôt que le carnage
Echauffe le cœur des soldats,
Aussitôt qu'armé par la rage,
Et traînant la mort sur ses pas ;
Mars aux transports de leur courage
Vient joindre ses feux dévorans;
On se mêle , on se précipite ,
Chacun suit l'ardeur qui l'excite :
Le désordre est dans tous les rangs.
Vangeur de la vertu flétrie ,
Toi , qui domptas la faction,
Dont le flambeau dans ta Patrie
Eût porté la destruction ,
Quand ton invincible éloquence ,
Telle qu'un vaste embrasement,
Ne trouvoit point de résistance ,
Aux loix d'une exacte ordonnance
La vit-on soumise humblement ?
Non , une méthode timide ,
Auroit de ton discours rapide ,
Réprimé l'essor véhément.
Loin cette forme régulière ,
Divisée en tant de rameaux ,
Semblable au cours d'une rivière
Qui , coupée en plusieurs canaux ,
N'a plus cette majesté fière

Qui faifoit admirer fes eaux.
Un Orateur, foible, ftérile,
Dont les yeux n'embraffent jamais
Toute la fphère des objets,
Les partage; & cet art facile,
Pour l'étayer eft un fecours;
Mais à travers tous ces détours
La Raifon apperçoit les traces
D'un efprit lent, & fans chaleur.
Un nain monté fur des échaffes
N'a qu'une apparente grandeur.
Le vrai, le fublime Orateur
Commence & termine fa courfe
Sans recourir au moindre appui:
Sa plus infaillible reffource
Se trouve uniquement en lui.
Ainfi dans la lice tragique,
Un Euripide prétendu,
De l'attirail épifodique,
Soutient fon efprit morfondu:
Tandis que l'auteur d'Athalie,
D'une feule & fimple action
Tient toujours la fcène remplie
Sans aucune digreffion.
Dans votre route compaffée,
Froids Rhéteurs, Sénéques nouveaux,
Aiguifez de vos Madrigaux;

H

Votre diction empesée ;
Et puisque votre main glacée
Ne peut manier les pinceaux
Qui produisent les grands Tableaux,
Entrez dans une voie aisée,
Ayez recours aux jeux de mots.
Si votre éloquence toisée
Dans ses sentiers marche à pas lents,
N'accusons que votre foiblesse
Et l'impuissance des talents,
Dont vous cachez la petitesse,
En la couvrant de faux brillants.
Ainsi ce Disciple d'Apelle,
Qui des traits charmans d'une Belle
Ne put rendre la majesté,
Employa l'or, les pierreries,
Dont il chargea les draperies,
Pour suppléer à la beauté.
Pour toi, que l'aimable Nature
Combla de ses rares bienfaits,
D'une fastueuse parure.
Ta main rejette les apprêts.
Mais, dis-moi, sur la contexture
Qui dirige tous nos discours,
Prétens-tu te régler toujours ?
Par un industrieux mélange,
On voit tes crayons enchanteurs

A la force de Michel-Ange

De Rubens joindre les couleurs.

Mais, pourquoi d'une mélodie

Imiter les justes accords?

Que ton éloquence hardie

Sur les aîles de ton génie

Se livre entiere à ses transports.

D'une exactitude servile

Brise les fers, impérieux

Et, puisque tu peux être utile,

Ne crains point d'être audacieux.

EPITRE IV.

A M. F. Docteur en Médecine.

Sous la faulx du trépas qui dévoroit mon corps

Victime pâle & gémissante ;

J'entendois les accens du Souverain des morts,

Et je voiois déja la rive frémissante,

Où la douleur, la torche en main,

Ouvre la tonne mugissante

Des maux qu'enferma le destin,

Pour tourmenter le genre humain.

De ce vase échappée une vapeur brulante

Vint fondre sur mes sens & troubler leur accord ;

Et n'appercevant plus qu'une ombre menaçante,

Je fuois la douleur, & refpirois la mort.
De fes fers accablans la fiévre impitoyable
Avoit lié mon corps qui friffonnoit d'effroi ;
Et mes pleursque fuçoit fa bouche épouvantable,
Baignoient les pieds du monftre appefanti fur moi.
De mon fang bouillonnant les Ondes allumées,
  Dans leurs canaux trop comprimées ;
Écumoient & cherchoient à brifer leurs vaiffeaux ;
Et mes veines rouloient fans relâche enflammées,
Avec des flots de feu la crainte & tous fes maux
F... Dans ces momens j'invoquai l'efpérance ;
  Elle m'apparut fous tes traits ;
  Sur ton front brilloit la fcience,
  Et non loin de toi la prudence
  Endirigeoit tous les arrêts.
La fanté la fuivoit, diffipant la fouffrance,
Sa main couvroit de fleurs les branches d'un cyprès.
Par l'apprêt des tourmens tu m'apportas la Paix.
Jufques aux préjugés toujours prêt à defcendre,
Tu guéris mon efprit pour foulager mon corps,
Oui, tu joins au fçavoir la bienfaifance tendre ;
Tel parut Machaon aux rives du Scamandre,
Lorfque la maladie, exhalant fes tranfports,
De cette région eut infecté les bords.
Je ne puis le nier, j'ai craint l'inftant fuprême
Qui m'alloit féparer du féjour des vivans ;
  De la mort le vifage blême

H

Épouvanta mon ame & consterna mes sens.

    D'une fausse Philosophie,

    Qui, lorsqu'elle tremble, est hardie,

Je ne m'arroge point le langage imposant ;

Oui, le cœur craint la peine & le corps le néant.

    C'est en vain que je me retrace

Tous ces mots insultans lancés sur le trépas ;

    C'est d'un faux brave qui menace

    Son ennemi qu'il ne voit pas.

    O vous, dont la mélancolie

Nous dit à chaque instant qu'elle abhorre la vie ;

En peignant ses tourmens, dont vos yeux sont

    témoins,

Vous prouvez encor mieux qu'elle attache vos

    ames,

    Ceux qui maudissent tant les femmes,

    Sont-ils ceux qui les aiment moins ?

Puis-je encore adopter ce fastueux syftême

Qui veut placer le mal au niveau du bonheur ?

    Un mal qui me détruit moi-même,

    Peut-il avoir quelque douceur ?

Chaulieu veut célébrer sa goute qui le ronge,

    Par les prestiges du mensonge ;

Il ne fait qu'étaler une fausse grandeur ;

Chaulieu feint d'être heureux lorsque sa douleur crie,

Sa goute étoit l'honneur de sa Philosophie.

Un lâche quelquefois peut vanter la valeur.

               H iij

Ne voit-on pas aussi la Prude
Prôner une vertu qu'elle trouve trop rude?
On affiche sans honte un courage idéal;
Mais on a beau tromper & s'en faire une étude,
Le plaisir est un bien & la douleur un mal.
Un Sage sous le masque & m'irrite & m'échauffe,
Celui qui ne ment point est le vrai Philosophe,
     Dans tous les temps il est égal.
Je l'avoûrai pourtant, mon cœur trouva des charmes
     Dans mes tourmens & mes ennuis;
Le plaisir dans mes maux a fait couler mes larmes!
Oui, j'ai vû l'amitié partager mes allarmes,
Et suivre le destin de mes jours, de mes nuits.
     Ah! c'est au sein de la souffrance,
Que la tendre amitié prouve bien sa constance;
Soudain à son aspect mon cœur s'est ranimé,
S'il est dur de souffrir, qu'il est doux d'être aimé!
     Lorsqu'un mal douloureux nous presse,
Un ami vole à nous par l'espoir enflammé;
L'ami qui nous console est plus qu'une maîtresse.
O mes tendres amis, puissé-je voir sans cesse
Le flambeau de vos jours briller d'un pur éclat!
Et que les miens n'éprouvent que tristesse,
     Si je deviens jamais ingrat!
     Sans doute ma plus douce envie
Est de voir mon destin à vos destins lié;
     Et que la paisible amitié
Soit l'astre bienfaisant qui préside à ma vie!

EPITRE V.

À Madame de B.

A PEINE de votre printemps
Les roses commencent d'éclorre,
Et vous unissez, jeune Laure,
La sagesse & les agrémens;
Les devoirs, que la mode abhorre,
Vous les changez en sentimens.
Chez vous l'Hymen n'est point l'échange
De l'ennui pour la liberté,
Où souvent la beauté se venge
Des jours de la captivité.
Quand une Belle infortunée
Du Dieu d'hymen grossit la Cour,
Du Temple, où ce Dieu l'a traînée
Elle examine le contour,
Et près de l'Autel d'hyménée
Sa vue errante & détournée,
Remarque un Autel pour l'Amour.
Mais vous fuiez ces femmes vaines,
Fières d'attacher à leurs chaînes,
Ces agréables importans,
Dont le regard est un outrage
Et de qui l'orgueilleux hommage,

H iv

N'eft que la loi des conquérans;
Ces imaginaires Sultans,
Qui fur des tablettes traîtreffes
Multipliant leurs faux plaifirs,
Se vantent d'avoir des Maîtreffes,
Et n'ont pas même des defirs.
Laure loin de ce précipice,
Vous marcherez en fureté
Sachez que l'hommage du vice,
Ne peut que flétrir la beauté.
C'eft la raifon qui vous éclaire,
Son flambeau toujours radieux,
Vous montre bien ce qu'il faut faire,
Et vous le fentez encor mieux.
Vous voiez dans votre opulence
Non l'éclat d'un luxe orgueilleux,
Mais l'art d'enchaîner l'indigence,
Et de fervir les malheureux.
Le crime fouille les largeffes,
Que prodigue un luxe effréné :
Mais fecourir l'infortuné
C'eft divinifer les richeffes.
Auprès d'un vertueux époux
Laure, vous trouverez fans ceffe
Ces maximes de la Sageffe,
Qui n'a point d'épines pour vous.
Quand le temps a chaffé les Graces

La Coquette voit fur fes traces
Le défefpoir qui la flétrit.
Le temps ne rend point ce qu'il ôte ;
Alors la fenfible eft dévote,
Et la galante bel - efprit ;
Votre gloire eft bien plus réelle ;
Tout change, s'altère & périt,
La vertu feule eft immortelle.

E P I T R E   V I.

A M. l'Abbé de Crillon.

Je fçais que tu daignes fourire
Aux accords qu'enfante ma Lyre,
Et tes éloges fur mes fens
Verfant la flamme du délire,
Doivent avoir le même empire
Qu'a fur des foldats indolens
Le difcours de leur Chef dont la voix les infpire ;
Mais enivré de ton encens,
C'eft ton amitié que je fens ;
Ce titre eft la gloire que j'aime.
Je t'avois pour objet dans mes foibles accens ;
Chanter les vertus, les talens.
N'eft-ce pas te chanter toi-même ?
La loi de la franchife eft l'Oracle fuprême ;
Qui de mes fentimens régle toujours l'accord ;

H v

Ce qu'elle dicte m'intéresse,
Et je ne loue avec transport
Que ce que j'aime avec tendresse.
Ainsi la volage Déesse,
Qui sur des monceaux d'or dispense les honneurs
N'a jamais été ma maîtresse.
L'offre de ses dons imposteurs
N'a jamais corrompu mon âme;
Et j'oubliai qu'elle étoit femme
Pour ne point briguer ses faveurs.
Peut-on desirer ce qu'on blâme,
Vers ce qui me flatte emporté,
Je n'encense que la beauté;
C'est la Déité qui m'enflamme;
C'est l'astre de ces lieux où nous vîmes le jour;
Contrée où le Dieu de l'Amour,
D'un manteau de rubis enveloppant l'Aurore,
La place sur un char que guide le plaisir;
Qui de son souffle fait éclore
Et les fruits de l'Automne & les présens de Flore
Couronnant ses ardeurs sous l'aîle du Zéphir
Qu'excite la voix du desir.
Il parle, aussitôt d'allégresse
On voit la terre tréssaillir,
Et la Nature rajeunir.
Les êtres animés du feu de la tendresse
Courent, s'empressent de s'unir;

Le Rhône partageant leur amoureuse ivresse
   Baise ses bords fleuris, &, jaloux de jouir,
Appelle sa Nayade, ouvre ses flots, l'embrasse,
   De ses joncs échauffe la glace,
Et prononce ces mots qu'accompagne un soupir;
»C'est ici que l'Amour étale sa puissance;
» D'un seul de ses regards il peut nous enflammer;
   » Les rayons que le Soleil lance
» Sont les traits ravissans du Dieu qui fait aimer.
   Dans ces lieux tout lui rend hommage,
L'air y brûle enflammé des soupirs des amans,
Des plus brillans appas unissant l'assemblage,
   Les Belles à leurs traits charmans,
   Joignent ce goût qui les varie,
   Cet esprit qui les multiplie
   Cette petillante gaîté,
   Du sentiment prompte saillie;
   Tendres avec vivacité,
   Elles n'ont jamais la manie
   De plaire par illusion.
Dans des cœurs où l'amour est une passion,
   Il n'est point de coquetterie.
   Les hommes toujours animés
   Pour le plaisir semblent formés,
   En sont les sectateurs fidéles:
   Le Génie est dans leurs regards,
Leurs cœurs qui de son feu dardent les étincelles,

A tous les fentimens s'ouvrent de toutes parts;
  Amis des talens & des Belles,
Des rofes de l'amour ils couronnent les arts.
  Tout rit dans ce féjour aimable,
Le defpotifme affreux n'y dicte point fes loix;
  Et ce Tribunal exécrable
    Qui fit brûler tant d'Albigeois,
    Qui, fous fon glaive redoutable,
Faifoit courber le front des Sujets & des Rois,
N'affouvit point de fang la haine vénérable,
Qui d'un Dieu qu'elle outrage ofe emprunter la voix.
  Séjour où j'appris à connoître
Tout ce qui pouvoit plaire à mes fens curieux,
  Lieux chéris qui m'avez vû naître,
Sans ceffe j'appercois votre Ciel radieux.
  Quand je m'occupe de vos charmes,
  Auffi-tôt les plus douces larmes
S'échappent de mon cœur, & coulent de mes yeux.
  C'eft ainfi qu'un amant foulage,
  L'ennui de fes vives douleurs,
  Et loin de l'objet qui l'engage
  Cent fois il en baife l'image
  Cent fois l'arrofe de fes pleurs.
  Je vois tes bofquets enchanteurs
  Vauclufe, agréable fontaine,
L'amour guide mes pas fur l'émail de tes bords,
  Où trainant le poids de fa chaîne,

Pétrarque fit gemir fes langoureux tranfports,
    Pour fa Laure, adroite coquette,
Qui repouffant l'amant, adoroit le Poëte,
    Qui la vantoit dans fes accords.
    O toi, de mes vers digne arbitre,
    Pour te plaire ils ont un beau titre.
Le pays que je chante, a produit tes ayeux ;
    Puifqu'ils ont été vertueux,
    Je dois adorer ma patrie.
    Sans ceffe à mon ame attendrie
S'offrent les grands exploits de ce brave Crillon ;
    Qui réunit, guerrier fublime,
La valeur de Céfar, la vertu de Caton.
    Dans des jours fouillés par le crime,
De la feule juftice il fut le partifan,
Et l'ami de fon Roi fans être Courtifan.

E P I T R E VII.

A Monfieur l'Abbé de Sade.

Dans tes doctes écrits il femble vivre encore
Ce Poëte berger, fidéle amant de Laure ;
Pourfuis & cours enfin à de nouveaux honneurs,
Un grand nom s'embellit des lauriers des neuf Sœurs ;
Mais animé par toi, qu'il a bien plus de vie,
Ce Rimeur doucereux dont la mélancolie,
D'une ingrate Beauté pourfuivant les attraits,

Chanta toujours l'amour qu'il ne sentit jamais !
Des codes de Paphos langoureux interprête,
Les soupirs de son luht s'exhaloient de sa tête,
Amant sans passion, Poëte sans vigueur;
Son cœur n'eut point d'élans, sa verve point
　　d'ardeur.
Ah ! que j'aime à le voir ce Chantre Anachorette,
A chaque trait de Laure offrir la chansonnette,
Calculer tous les jours ses agrémens nouveaux,
Comme un berger soigneux qui compte ses agneaux !
Ah ! que j'aime à le voir l'œil triste, le teint blême,
Des perles du matin lui faire un diadême,
Lui soumettre la Terre, & martyr de trente ans,
Pour enrichir sa Belle appauvrir le Printemps;
Bannir de ses jardins les arbustes de Flore,
Y planter des lauriers pour mieux penser à Laure,
Parcourir froidement tous les astres des Cieux;
N'en contempler aucun qui ne céde à ses yeux;
Et dans des vers sans ame étalant sa tendresse,
Caresser son ouvrage & non pas sa maîtresse !
A ces traits connoît-on le feu du sentiment?
Qui peint avec esprit ne fut jamais amant.
L'esprit ami des jeux aime à suivre leurs traces;
Jaloux de s'égayer sur les genoux des Graces,
Il obtient quelquefois un regard des neuf Sœurs,
Et, semblable à Zéphire, il vole auprès des fleurs.
Mais du mont des beaux arts il n'atteint point la
　　cime,

Et la chaleur de l'ame est le talent sublime.

Oui, je dois avoüer que, Peintre ingénieux,

Pétrarque embellit tout d'un pinceau gracieux :

Mais amoureux des fleurs, pour sa bergère éclofes,

Pourquoi loin de son teint va-t-il chercher des

    rofes?

Dans la route qu'il tient il marche en s'amufant ;

Et s'éloigne du terme où sa Mufe l'attend ;

Ainfi les pommes d'or que ramaffe Atalante

L'empêchent de fournir sa carrière brillante.

En vain Pétrarque a vu les Papes & les Rois

Abaiffer leur couronne, & fourire à sa voix :

Le féjour de Vauclufe, & sa folle tendreffe

De l'orgueil qui l'encenfe ont fait durer l'ivreffe.

Ce Poëte porté par fes admirateurs

A-t-il pû s'élever au rang des bons Auteurs?

Il eut des partifans, dut sa gloire à leur zéle,

Et fut le Précurfeur du galant Fontenelle ;

Tous deux en beaux efprits à Cythère venus,

Ils n'ont jamais chanté fur le fein de Vénus.

E P I T R E VIII.

A M. le Marquis de Peruffis.

ENFIN l'Aftre dont la puiffance

Du deftin des Mortels régle à fon gré le cours,

M'amène au lieu de ma naissance;
Et fait jaillir sur moi l'éclat des plus beaux jours,
Je revois un ami qui me chérit toujours,
Et je double mon existence.
De deux plaisirs la jouissance,
Par les plus doux transports, vient agrandir mon
cœur :
Quel prix de mon impatience!
En m'élançant vers toi, j'embrassai le bonheur.
Oui, l'amour s'éteint dans l'absence,
Tandis qu'elle entretient le flambeau de sa Sœur,
Sans doute quelque différence
Est entre ces deux sentimens;
L'amitié vit dans l'ame & l'amour dans les sens;
Que j'aime à te revoir suivre les mêmes traces;
Et toujours digne d'être aimé,
Déployer tour-à-tour, par la gloire enflammé,
Le drapeau de Bellonne & l'écharpe des Graces!
A peine dégagé des langes du berceau,
Lorsque sur moi l'enfance appliquoit son bandeau,
Je connus par instinct tes mœurs, ton caractère;
Vers toi me laissant entraîner,
Je vis que je n'offrois qu'un tribut nécessaire :
L'esprit peut réfléchir sur ce qui doit nous plaire,
Mais le cœur sçait le deviner.
Je renais près de toi dans ces lieux où Pomone,
De l'amoureux Vertumne appaisant les ardeurs;

Produit en l'embraſſant les tréſors qu'elle donne,
Ou fixant ſur ſes pas le Printems & l'Automne,
L'hyver tient dans ſes mains & dès fruits & des
    fleurs
   Dont l'Amour même ſe couronne.
Où la Terre exhalant les plus douces odeurs,
   Embellit les frimats de ſes vives couleurs.
Ici l'Aſtre du jour des vapeurs qu'il attire,
Fait des nuages d'or ſur nos fronts ſuſpendus :
La volupté de l'air, ce parfum qu'on reſpire,
   N'eſt que l'haleine de Vénus.

   O Cavaillon ! ſéjour aimable ;
Quel pouvoir tranſporta ſous ton Ciel favorable,
Les jardins d'Arcadie, ou ceux d'Alcinoüs?
   Rome auſſi d'un regard fertile,
Entretient de ton ſol la féconde beauté :
Oui, de ton Souverain la puiſſance tranquille
   Tient le ſceptre de l'équité.
Fortuné par ſes ſoins, toujours prêts à renaître,
C'eſt l'hommage d'un fils, que tu rends à ton maître
   Dont tu ne ſens que la bonté.
D'Avignon juſqu'à toi cette douce influence
Eſt un brillant Soleil levé ſur tes enfans :
Si, dans des jours affreux, la cruelle indigence
Venoit les enchaîner de ſes fers accablans ;
Salviati ſçait bien rappeller l'abondance ;
Rien ne peut échapper à ſes yeux vigilans,
   Que ſes vertus & ſa naiſſance

Qu'illuftrerent tous les talens.

Mais quand de mon pays, je peins les agrémens;
Puis-je donc oublier ce Prélat que dévore
Le zéle qui l'attache à tous fes habitans ?
Qu'il eft doux d'obéir à ceux que l'on adore !
Père de la Patrie, il en eft le foutien :
Ami de la juftice, il réunit encore
Les devoirs d'un Pafteur & ceux d'un Citoyen.
  Séjour digne de mes hommages !
Chez toi j'ai vû régner l'efprit & la candeur:
J'ai vû des Magiftrats, qui fidéles & fages,
  Ne recherchent que ton bonheur.
Sans doute tu feras crayonner leurs images,
  Que chacun porte dans fon cœur.
  J'ai vû des Belles, dont l'empire
  Eft la vertu qui nous attire,
  Par les traits que lancent leurs yeux:
Elles ont rappellé ce fiécle d'innocence,
  Où la beauté, par fa décence
N'envioit que l'encens qui bruloit pour les Dieux.
  C'eft ainfi que dans ma patrie,
Du plaifir le plus doux je reffens les tranfports,
Et voudrois cependant que l'active induftrie,
Par les mains du commerce, y portât fes tréfors.
  J'erre quelquefois fur les bords
  De cette rivière (a) indocile,
  Qui du vainqueur de Paul-Emile (b)

(a) *La Durance.* (b) *Annibal.*

Arrêta quelque temps les belliqueux efforts.

   Rivière qui d'abord saillante,

   Ou plutôt rapide torrent,

   Peint, dans sa course pétulante,

L'essor des Provençaux & leur génie ardent;

Et qui bientôt après, aux effets de sa rage,

Mesurant son pouvoir jaloux de s'aggrandir,

Est comme un Conquérant dont la fureur ravage

   Les terres qu'il veut envahir.

Elle étend chaque jour sa puissance effrayante,

   Et va plus terrible aujourd'hui,

Précipitant ses flots dans sa route bruyante,

Épouvanter le Rhône en s'unissant à lui:

Ainsi que ces vassaux, fiers tyrans de la Terre,

   Qui forcés par le frein des loix,

   Portoient moins aux pieds de leurs Rois,

Les marques d'un tribut que celles de la guerre.

Mais quand pourrons-nous voir de ses flots orageux

Nos travaux resserrer le cours impétueux?

Lui tracer un canal, où ses eaux vagabondes

Coulent sans inonder nos campagnes fécondes?

Oui, Perussis, je vois des Mortels enflammés,

Jaloux de concourir, pour un projet si sage,

Transporter les rochers à ma voix animés.

Vous possesseurs des champs, voisins de son rivage,

Le cri de l'intérêt vous excite à l'ouvrage:

Et vous qui dirigez ces utiles travaux,

Qui pour les Citoyens vont fixer la fortune;

Leur bonheur vous appelle à des succès nouveaux;
C'est sur l'utilité commune
Que la gloire établit ses titres les plus beaux.

VERS

*A M. Lieutard, Docteur en Médecine de
la Faculté de Montpellier, à l'occasion
d'une Epître qu'il m'a adressée.*

Vinslou, par un jargon pieux;
Sylva, par un langage & précieux & fade;
  Flattoient tour-à-tour un malade,
Tandis que le hazard le guérissoit pour eux;
Haller, en lui lisant ses vers harmonieux,
Auroit pû de la mort, appaiser la colère,
L'art de guérir l'esprit, est le plus nécessaire;
  Et de bons vers font cet office au mieux.
Paracelse, entouré des ombres du mystère,
  Par un seul sécret salutaire,
Vouloit de tous les maux dompter l'essain cruel;
Sa doctrine n'est plus une vaine chimère;
  Celui qui, comme toi, sçait plaire,
  A le reméde universel.

HENRI IV.

OU

L'INDÉPENDANCE DE NOS ROIS.

ODE.

Du dernier des Valois, lorfque l'ame indignée,
S'envola chez les morts, victime infortunée
D'un monftre qu'abreuvoient, & le fang & le fiel,
    Nos Lis gémirent dans les ombres :
    Et les ténébres les plus fombres,
De la France agitée obfcurcirent le Ciel.

Le fanatifme altier fléau de nos Provinces,
Soulevóit les Sujets, armés contre leurs Princes :
Déjà jufqu'à leur Sceptre il étendoit fes mains ;
    Et Bourbon défiant l'orage,
    De l'Empire fon héritage,
Voyoit cent mille bras lui fermer les chemins.

De la Religion corrompant les maximes,
Un zéle forcené divinifoit les crimes,

Sa voix au parricide ofoit ouvrir les Cieux,
 O ligue, aux attentats livrée
 Dites - nous quelle Loi facrée ?
Peut dépouiller un Fils du bien de fes ayeux.

❀

De l'Empire des Lis les maximes durables,
Affurent de nos Rois, les droits invariables,
La Foi les fanctifie, & ne peut les donner ;
 Que votre zéle aveugle tonne,
 Vous ne difpofez point du trône,
Vous êtes des Sujets, & BOURBON doit régner.

❀

En vain Montmorenci garant de la Victoire,
Le fage Matignon digne enfant de la gloire
Déteftent ces cœurs vils aux factions vendus,
 Molé comme un autre Ariftide,
 Montre en vain une ame intrépide,
Le cruel Fanatifme étouffe les vertus.

❀

Prince, vole aux dangers du fein de la tempête,
Vois le bandeau Royal defcendre fur ta tête :
Châtillon & Daumont vont te prouver leur foi,
 L'effort d'une infolente rage,
 Ne peut qu'illuftrer ton courage ;
La gloire t'environne, & Biron eft pour toi.

Plus ardent que le feu, plus prompt que la lumière,
Qui des cieux dans l'instant inonde la carrière,
Henri s'élance, atteint les ligueurs renversés,
  Dieppe sent trembler ses murailles,
  Et voit soudain les funérailles
Des cadavres sanglans dans la plaine entassés.

❀

Fidèle Normandie ô Reine des Provinces,
Nourrice des talens, & l'appui de nos Princes,
Tu vis de mon Héros les exploits triomphans ;
  Mais combien son ame attendrie,
  Versa de pleurs sur la Patrie,
Dont la guerre en fureur dévoroit les enfans.

❀

Il marche vers Paris ; les campagnes désertes,
Ces plaines que la mort de son deuil a couvertes,
Arrachent des soupirs à son cœur oppressé ;
  Il voit l'indigence plaintive,
  Et la terre qu'elle cultive,
S'endurcir sous le soc de ses flancs repoussé.

❀

Promenant ses regards sur cette ville immense,
Où malgré lui ses mains déchaînoient la vengeance,
Il la nomme sa fille & gémit de ses maux.
  Victime d'un destin sévère,

Hélas ! dit-il je fuis donc père,
Pour frapper mes enfans & creufer leurs tombeaux.

❀

Mais Paris n'offroit plus qu'une enceinte fumante
Qu'ébranloit de fes cris la difcorde écumante,
Les cadavres s'ouvroient traînés avec effort,
De leurs os la poudre infectée,
En pain de fureur apprêtée
Nourriffoit les vivans des reftes de la mort.

❀

Tandis que les ligueurs féduits par l'impofture
Levant les yeux au ciel outragent la nature,
Que de leurs attentats ils pourfuivent le cours,
Briffac le foutien de la ville
Pour réduire un Peuple indocile
A fes chefs affemblés adreffa ce difcours.

❀

Jufques à quand penchés fur le bord de l'abîme
Oferez-vous trahir le Maître légitime,
Par la Religion êtes-vous donc guidés ?
Vous la vangez ? non des parjures
Ne font qu'élargir fes bleffures,
Elle abhorre le fang, & vous le répandez.

❀

Prenez-vous pour fon culte une vaine apparence ?
De

De son manteau sacré qui trompe l'ignorance,
Mayenne ose couvrir son projet criminel,
    Ce n'est point elle qui l'excite,
    Tyran cruel mais hypocrite,
Pour monter sur le trône il embrasse l'autel.

Veut-il renouveller ces temps de barbarie,
Où le zélé Monfort ravageant sa patrie,
Frappoit les Albigeois à ses pieds prosternés !
    Besiers vit ses portes brulantes,
    Et ses familles expirantes,
Et les temples de Dieu par leur sang profanés.

Que dis-je, de nos jours les factions civiles
De la Septimanie ont embrasé les villes,
Le séjour des talens est celui des fureurs.
    La Discorde apprête ses armes,
    On s'égorge, & d'un peuple en larmes,
Des buchers allumés punissent les erreurs.

Fanatisme insolent dont l'affreuse doctrine,
Des états ébranlés prépare la ruine
Quoi ! tant de pleurs versés n'éteignent pas ton feu,
    Des Princes que le monde encense
    Oses-tu borner la puissance ;
Qui commande aux humains doit n'obéir qu'à Dieu.

I

Ah! nos premiers Chrétiens, au milieu des outrages
Aux Empereurs payens apportent leurs hommages,
De la sédition arrêtent les torrens.
    Contre un pouvoir qui nous opprime,
    Faut-il donc recourir au crime,
Des sujets révoltés sont encor plus tyrans.

Périsse pour jamais ce dangereux syſtême.
Qui fait du front des Rois tomber le diadême;
Soulève les sujets prêts à se déchaîner,
    Eh quoi, pouſſés par l'insolence
    Des Dieux ils prendroient la balance;
Qui ne fait point les Rois ne peut les détrôner.

François, m'entendez-vous, ces loix inviolables,
Sont de vos libertés les murs inébranlables,
Accourez à BOURBON, il sera votre appui,
    Il sera le meilleur des pères,
    S'il a pu causer vos misères,
Le droit qui le couronne eſt un malheur pour lui.

Ah! si vous connoiſſiez de son ame senſible,
Les aimables vertus, le courage invincible,
Cette nuit ce Héros a frappé mes regards,
    Accompagné de l'eſpérance

Ses mains préfentoient à la France,
Les tréfors de Cérès, & la foudre de Mars.

✽

Du généreux Briffac l'éloquence guerrière
Enchaîne des Ligueurs l'audace meurtrière,
Et fa voix étouffa leurs cris tumultueux,
    Ainfi lorfqu'effrayant le monde,
    Dans les airs le Tonnerre gronde,
On n'entend point des vents le bruit impétueux.

✽

    Quand il peint la vertu qu'un Héros eft fublime,
Les Ligueurs confternés rougiffent de leur crime,
Et Paris ouvre enfin fes portes à fon Roi,
    Il voit fes enfans, leur pardonne,
    Et le front ceint de la Couronne,
Le foin de leur bonheur fut fa première Loi.

✽

Auffitôt des Francois l'indomptable génie
De nos peuples foumis annonça l'harmonie,
Attacha de fes nœuds le Trône avec l'Autel,
    Sur les factions étouffées,
    De Henri pofant les trophées,
Il chanta des Bourbons le pouvoir immortel.

ODE

A Madame de F... sur sa voix.

Sur l'AIR : *L Amant frivole & volage.*

A QUOI me servent mes charmes,
Disoit l'amour à Cypris,
Les cœurs que domptent mes armes
Ne sont pas long-temps soumis,
Pour étendre mon empire,
Donnez moi d'autres attraits,
Que n'ai-je la voix d'Elmire
Et je brise tous mes traits.

❁

Si les amans sont fidèles,
C'est le fruit' de mon bandeau,
Si je touche les cruelles
Je le dois à mon flambeau,
Mais quand je lance ma flâme
J'ai trop l'air d'un Conquérant,
Un beau son qui flatte l'âme,
Me peint comme un Dieu charmant.

❁

Quelquefois l'amour expire
Près des yeux qui l'ont formé,
Une voix tendre soupire

Et l'amant eft ranimé;
Ah ! fi l'effor de mes aîles
M'empêche de m'arrêter,
C'eft fans doute pour les Belles
Qui ne favent pas chanter.

❀

Ainfi le Dieu de Cythère
Malgré fes charmes puiffans,
Pour être plus fûr de plaire
Defire tes fons touchans,
Du féjour trifte où nous fommes
Ta voix nous élève aux Cieux ,
Des Dieux, l'amour fit des hommes ;
Des hommes tu fais des Dieux.

EPITRE

A M. DORAT, *fur fa Tragédie de Zulica.*

Pourquoi te plaindre, ami, de tes foibles
  cenfeurs ,
Ne crois pas que ta gloire en foit jamais ternie ;
Tu devrois t'applaudir de leurs vaines clameurs,
Le dépit des jaloux eft l'encens du génie,
Momus pour fe venger des yeux qui l'ont furpris
Critique en foupirant les traits de Cythérée,
  Par les mortels qu'elle a foumis,
  On voit la beauté cenfurée,

Et les plus fublimes écrits
Dans leurs admirateurs trouvent des ennemis.
On fait verfer des pleurs fans fixer les fuffrages,
Souvent fans le foumettre on règne fur le cœur
  Pour en fufpendre les hommages,
L'efprit vient le tromper en adroit impofteur.
  Sur les tranfports qu'éprouve l'ame,
  D'abord il cherche à réfléchir,
  Il differte, il condamne, il blâme,
  La caufe même du plaifir.
C'eft en vain que le beau nous féduit, nous
   entraine,
  Son orgueil s'arme, il fe déchaine,
Et veut juger la Loi qui nous force à fléchir.
La gloire pour hater les progrès du génie
Ne lui prodigue point de tranquilles faveurs,
Lofqu'elle fait fiffler les ferpens de l'envie,
  Il vole à de plus grands honneurs,
Attentive à flatter une ardeur inquiette
Dans le cœur des Mortels qu'elle veut attirer
  Ainfi qu'une amante coquette
Au fein du bonheur même elle fait defirer.
  Le talent brille en ton ouvrage,
Melpomène fourit à tes premiers travaux,
Si je ne ferme point les yeux fur tes défauts,
  C'eft pour exciter ton courage,
  A triompher de tes rivaux,
Redoute des flatteurs la voix enchantereffe,

Elle égare , & retient le génie endormi ,
   Souvent la main qui nous caresse
   Tend les piéges d'un ennemi.
Une louange simple , au succès assortie
Est le mets de l'esprit , entretient sa fierté ;
   Elle est la céleste ambroisie
   Qui donne l'immortalité.

V E R S

À Madame la Marquise de M... à l'occa-
sion du Temple de l'amitié qu'elle a
élevée à Madame la Marquise de S...
sa mère.

J'AI vu ce Temple respectable
   Qui pour une mère adorable ,
Signale de ton cœur l'hommage vertueux ;
Du plus beau sentiment ce monument durable ,
   Frapera sans cesse mes yeux ;
   Douce amitié qu'on y révère
  Plus que l'amour tu dois nous plaire ,
Il promet des plaisirs , & tu fais des heureux ;
Mais ce Temple sacré qu'éleva la tendresse ,
   Peut-il n'être pas fréquenté ?
   N'en doutons point , il le sera sans cesse ,
   M... en est la Prêtresse
   S.... la Déité.

A CLARICE.

Sur l'AIR: *Dans nos hameaux la paix & l'innocence,*
Musette de Desbrosses.

Un feu constant ne cause que des peines,
L'amour volage est le Dieu de mon cœur,
Le plaisir meurt quand il porte des chaînes,
L'œil s'assoupit à voir la même fleur,
Mais tant d'appas embellissent Clarice,
De nouveaux traits me charment si souvent,
Que mon cœur peut au gré de son caprice,
Changer toujours sans qu'il soit inconstant.

VERS

A M. le Marquis de P...

Tu fais des Vers brillans, faciles,
Comme une femme fait des nœuds,
Tu fuis les longs travaux, & les Muses dociles,
Courent au-devant de tes vœux ;
Elles sont femmes, & cruelles
Pour ceux qui trop long-temps courtisent leurs
appas,
Refusent leurs faveurs à des amans fidèles,
Et les offrent à ceux qui ne les briguent pas,

LETTRE

SUR LE GRAND ROUSSEAU;

Ou Réponſe aux Obſervations de M. de Vauvenargues ſur ce Poëte.

QUELS que ſoient, Monſieur, les motifs qui ont engagé M. de Vauvenargues à déprimer Rouſſeau ; je ne dois examiner ici que ſes raiſons, & tâcher de les détruire. Il commence ſes réfléxions par accorder à ce grand Poëte la méchanique des vers. Peut-on ne pas admirer cette généroſité? Il le trouve ſi eſtimable à cet égard, qu'on pourroit, dit-il, le mettre à côté de Deſpréaux, ſi celui-ci n'avoit été ſon Maître. Je ne vous ferai point obſerver le ridicule de ce raiſonnement. S'il avoit lieu, le Perrugin feroit ſupérieur à Raphaël, Otto-Venius à Rubens, Vouet à le Sueur; la ſupério-

rité du talent établit feule la fupériorité
du mérite. D'ailleurs on ne doit point à
fon Maître le génie, mais plutôt les principes qui en réglent l'effor. L'inftinct ou
le fatalifme qui nous entraîne vers un genre peut feul nous y faire réuffir. Mais je
ferai plus hardi que M. de Vauvenargues,
& je ne balancerai point à mettre Rouffeau au-deffus de Boileau. J'ai lû ces deux
Poëtes affez fouvent & avec toute l'attention dont je fuis capable. La lecture de
l'un & de l'autre m'a toujours affecté d'une
manière bien différente. J'ai admiré dans
Boileau l'exactitude, la juftetffe, l'élégance
la correction, quelquefois l'énergie des
mots, rarement celle des penfées. J'y ai
vû cet efprit qui faifit bien les rapports &
qui ajoute des idées acceffoires à l'idée
principale qui ne vient pas de lui, cet art
qui rend avec nobleffe les petites chofes,
ou celles qu'il eft difficile de rendre. Les
moyens qu'il emploie étonnent, quoique
ces moyens annoncent plus la fagacité &

la patience que la chaleur de l'imagination.
Enfin je n'ai pas trouvé chez lui ainſi
que chez Rouſſeau ces traits de flamme
qui nous échauffent, ces Tableaux frap-
pans qui nous remuent, ces Images ſublimes qui nous enlévent, ces graces légères
mais décentes qui parent la raiſon ſans la
farder. Je conviens cependant que Boileau s'eſt quelquefois élevé. Il eſt Poëte
par exemple dans ſon Epître ſur le paſſa-
ge du Rhin & dans quelques autres endroits
de ſes poëſies. Mais il n'eſt pas difficile de
voir qu'il doit moins cet eſſor à ſon imagination peu capable du grand, qu'à la nobleſſe des Sujets qu'il traitoit. Il eſt alors
entraîné par des mouvemens étrangers,
& Rouſſeau eſt toujours emporté par ſon
impétuoſité naturelle.

Il ſeroit inutile de dire avec M. de Vauvenargues que Boileau s'eſt attaché uniquement à peindre la raiſon, il l'a peinte,
il eſt vrai, dans ſon Art Poëtique, & il
y a ſi bien réuſſi, qu'il eſt préférable à

celui d'Horace, quoique ce dernier ait été *son Maître*. Mais quelles occasions n'a-t-il pas eues dans plusieurs autres Ouvrages de nous tracer de grands tableaux? Trouve-t-on que son Ode sur Namur réponde à l'idée qu'on a de ce genre de Poësie? A-t-il toujours été Peintre dans quelques-unes de ses Satyres & de ses Epîtres où il célébre les exploits de Louis XIV? On dira peut-être que ce n'est pas dans ces sortes d'Ouvrages qu'il est permis de déployer les richesses de la Poësie, que ce n'est point là le champ du sublime. Un vrai génie trouve à s'élever dans les Sujets qui sont le moins susceptibles d'élévation. Juvénal n'est-il pas, au jugement de Boileau lui-même, plein de *sublimes beautés?* D'ailleurs notre Poëte satyrique avoit dans les actions de Louis XIV une matière qui, entre les mains de Rousseau, auroit produit les images les plus grandes & les plus vives.

Qu'est-ce que les Maîtres de l'art exi-

gent d'un Poëte, ils font confifter le talent dans une imagination vive & féconde,
dans un génie créateur qui par la hardieffe
des figures, la force des images nous
étonne & nous enflamme. L'affemblage
de quelques fyllabes mefurées ne forme
que le verfificateur. *Neque enim conclu-
dere verfum dixeris effe fatis.*

Or perfonne n'a mieux poffédé que
Rouffeau ces brillantes qualités. Si tous
fes ouvrages ne l'atteftoient, j'en choifirois
quelques-uns. Mais on n'a qu'à les lire tous,
principalement fes Odes, pour être perfuadé qu'il eft le Poëte le plus parfait que
nous ayons & en même temps le Verfificateur le plus exact.

Vouloir déprifer fes ouvrages en les
défigurant, prendre plaifir à y chercher
des taches, ceft s'amufer à jetter de
la boue fur les plus belles fleurs d'un
parterre.

Comme c'eft dans le genre lyrique que
notre Poëte s'eft acquis une réputation

immortelle ; c'eſt auſſi de ce côté que M. de Vauvenargues tourne prèſque tous ſes efforts. S'il trouve ſes Odes deſſinées avec une grande nobleſſe , il ne les trouve point aſſez paſſionnées , elles ne produiſent point ſelon lui, ces mouvemens & ce ſombre *ſaiſiſſement* que le vrai ſublime fait naître. Si je voulois diſputer ſur les mots , je dirois qu'il n'eſt point de l'eſſence du vrai ſublime de produire ce ſombre *ſaiſiſſement* dont on nous parle ici.

Cette penſée de Sertorius dans Corneille :

Rome n'eſt plus dans Rome , elle eſt toute où je ſuis.

Celle d'Ajax dans Homère :

Grand Dieu , chaſſe la nuit qui nous couvre les yeux ,
Et combats contre nous à la clarté des Cieux.

Ces penſées, dis-je , & pluſieurs autres que je pourrois citer , quelque ſublimes qu'elles ſoient , ne produiſent

point ce fombre faififfement. Le *moi* de
Médée cauferoit plutôt cet effet, ou bien
ce bel endroit du Dante qui nous peint
Ugolin dévorant dans les enfers l'Arche-
vêque Roger qui avoit fait périr de faim
quatre enfans du Comte. Mais ce n'eft
point dans l'Ode qu'on doit ordinairement éprouver ces mouvemens terribles;
ils appartiennent plutôt à la Tragédie. Si
cependant on veut voir que Rouffeau a
fçu maîtrifer les cœurs par ce moyen, on
n'a qu'à lire la Cantate de Circé & plufieurs de fes Strophes où l'on apperçoit
le pinceau de Rembrant. En un mot,
l'Ode doit être une gallerie de tableaux
variés, dont l'enthoufiafme égaye ou rem-
brunit les couleurs fuivant les fujets. Et
les imaginations vives & fortes telles que
celles de Rouffeau peignent toujours mieux
les objets fombres. Rameau eft plus grand
Muficien dans Caftor & Pollux que dans
les Talens lyriques. Quant aux mouvemens rapides qui font du reffort de l'Ode,

celles de Rousseau en sont remplies. Qui ne les sent point dans son Ode sur la naissance du Duc de Bretagne, dans celle au Comte du Luc, dans la première au Prince Eugene, dans celle sur l'armement des Turcs, &c. dans plusieurs de ses Cantates, & dans presque tous ses Ouvrages Lyriques. Il paroît, Monsieur, par la façon dont s'explique le Critique sur les Odes de Rousseau, qu'il les met au niveau de celles de la Mothe , mais la différence qui distingue ces deux Poëtes est certainement bien sensible. La course impétueuse de l'un est bien opposée à la marche compassée de l'autre. Les Partisans de ce dernier ont jugé Rousseau, comme son rival avoit jugé Homère. De pareilles dispositions ne devoient pas produire une décision irrévocable. Ils n'ont rien oublié pour élever l'Analiste Lyrique au-dessus du Maître de l'Ode. Mais que pouvoit-on attendre de leurs efforts, pareils à ceux d'un homme qui, pour faire paroître un arbre planté au pied d'une haute montagne, voudroit abaisser ou détruire la montagne qui en cause la petitesse. M. de Vauvenargues prétend que notre Poëte ne sort de son sujet que parce qu'épuisé & refroidi, il a besoin de se soutenir par des épisodes. Il cite pour exemple de ce qu'il avance, la digression qui se trouve dans la belle Ode du Prince de Conti. Deux raisons peuvent avoir porté Rousseau à recourir à cette digression : premierement pour varier son Sujet, qui sans cela n'auroit eu qu'une tristesse monotone ; en second lieu pour faire voir que l'Ode ne consiste point dans une méthode didactique. Le feu qui l'embrasoit ne s'éteignoit pas sitôt, & l'Ode n'embrasse pas une carrière si vaste pour qu'il ne pût se soutenir jusques au bout. D'ailleurs, cette digression renferme tant de beautés, on y trouve tant de chaleur, que je ne vois pas en vérité sur quoi M. de Vauvenargues a pu fonder sa critique. Après tout, un écart ne suppose point la froideur, mais plutôt l'effervescence de l'imagination. Ce qu'il dit ici de Rousseau, on pourroit le dire aussi d'Horace. Qu'on examine la troisième Ode du premier Livre, elle se réduit au souhait que le Poëte fait à Virgile d'un heureux voyage. Le reste ne consiste que dans des digressions.

La troisième du quatrième Livre & plusieurs autres n'échapperoient pas à la critique, non plus que la belle Ode de Malherbe à Louis XIII, partant pour le siége de la Rochelle.

Mais pour revenir à cet épisode que M. de Vauvenargues trouve peu passionné, ne pourroit-il pas se faire que ce prétendu défaut ne fût que dans lui-même. Pour éprouver les effets de la Poësie, & surtout de la Lyrique, il faut posséder quelques étincelles de ce feu qui embrase les Poëtes, il faut avoir en soi le germe des transports qu'ils veulent faire naître.

Si nous en croyons un Auteur Grec, le même air de Mufique qui tranfporta tellement Aléxandre, qu'il le fit courir aux armes, n'effleura pas feulement l'ame de Sardanapale.

Difons-le en paffant, on raifonne mal fur les chofes qu'il ne faut que fentir. On doit analyfer les objets de la politique & des Sciences, mais non ceux du cœur & de l'imagination. Le Philofophe fubtil qui ne veut que difcuter, endurcit fon ame en y laiffant entrer la féchereffe & la froideur ; & les glaces de l'efprit ne peuvent plus fe fondre à la flamme de l'enthoufiafme. Les paffions vives n'embraffent que les maffes. Les feux d'un amant diminuent lorfqu'il commence à détailler les beautés de fa maîtreffe.

Mais vous allez voir, Monfieur, notre adverfaire tourner toute fa batterie contre l'Ode à la Fortune qu'il appelle une pompeufe déclamation. Il y trouve des idées fauffes, des réfléxions plus éblouif-

fantes que folides. Il en veut furtout aux
penfées renfermées dans ces vers :

> Quoi ! Rome & l'Italie en cendre
> Me feront honorer Sylla ,
> J'adorerai dans Aléxandre
> Ce que j'abhorre en Attila ?

M. de Vauvenargues croit démontrer
la fauffeté de ces penfées en faifant
l'étalage des belles qualités de Sylla &
d'Aléxandre. Rouffeau les connoît, mais
il n'y fait pas attention ici, parce que
fon objet ne le demande pas. Il fe
déchaîne contre les Conquérans ; il ne
fait voir en eux que ce qui peut les
rendre odieux. Que Sylla ait été un
grand génie , il n'eft pas moins certain
qu'il a rempli l'Italie d'horreur , inondé
Rome de fang ; qu'Aléxandre ait été un
Héros & même un grand homme à cer-
tains égards , fon ambition l'a porté à
ravager l'Univers. Sous ce point de vue
ces deux guerriers peuvent être comparés
à Attila. Dans le nombre des penfées

fauffes qui felon lui fe trouvent dans cette Ode, il cite encore celle-ci :

L'inexpérience indocile
Du Compagnon de Paul-Emile
Fit tout le fuccès d'Annibal.

En vain s'épuife-t-il en louanges fur la valeur & l'habileté d'Annibal , tout cela ne prouve pas que la penfée foit fauffe. Rouffeau prétend ici que les plus éclatantes victoires ne font fouvent dues qu'à la fortune. Il rapporte pour exemple une action où il paroît qu'Annibal fut moins couronné par fa valeur & fon ex-périence, que par le hazard, le premier Dieu des batailles. Il n'a fait que dire en vers ce que Tite-Live nous fait entendre en profe. Rouffeau eft ici, quoiqu'en dife M. de Vauvenargues, un Philofophe qui remonte aux principes des chofes, qui les apprécie. Enfin fon objet étoit de verfer l'infamie fur les fléaux de l'humanité, & on l'auroit perdu de vue, s'il eût parlé de leurs brillantes qualités, parce qu'il auroit couvert de fleurs des monftres qu'il vouloit nous faire détefter. Son encens ne devoit brûler que pour les héros bienfaifans.

Mais quand même ces penfées citées ne feroient pas exactement vraies, exige-t-on des Poëtes cette précifion rigoureufe, cette juftefle géométrique qu'on demande aux Dialecticiens ? Le fage Virgile, le judicieux Defpréaux ne tiendroient pas contre un examen fi févère.

Difons plus, l'efprit, s'il le veut, peut trouver à reprendre dans les idées qui paroiffent les plus juftes, il n'y a que les chofes de fentiment qui foient à couvert de fes attaques; mais le vrai Critique frappé des belles penfées ne les examine pas fi fcrupuleufement. Il laiffe le Père Bouhours chicaner fur les mots, mérite fuperficiel & qui femble confoler de l'indigence des idées.

Continuons de fuivre notre Ariftarque, il ne fait point de l'Epître aux Mu-

fes le cas qu'on en fait. Il déclame sur-
tout contre ces endroits où Rousseau
compare un certain Poëte à un oison qui
préfére sa voix à celle du Cigne. Les
images qui embélissent cette comparaison
font, selon lui, trop grossières. M. de
Vauvenargues ne confond-il pas ici le
familier & le grossier ? Ces images font
familières & simples , mais le Sujet n'en
demandoit pas de plus nobles, ou du moins
les supportoit. On trouve souvent dans La
Fontaine de pareilles images. Qu'on lise
d'ailleurs cet Ouvrage , & je suis bien
persuadé que bien loin d'être choqué de
cette prétendue grossiéreté , on y admi-
rera la force des expressions , la fécondité
des idées , la richesse des rimes & les graces piquantes du dialogue.

Je conviendrai cependant , (car mon
zéle pour Rousseau ne m'aveugle pas)
que M. de Vauvenargues eût trouvé plus
à reprendre dans les Epîtres de ce Poëte ;
quoiqu'elles ne manquent pas de beautés.

Il y régne un fond de mifantropie qui les dépare. Il y parle trop fouvent de fes ennemis & de fes malheurs ; il y étale des principes qui portent moins fur la vérité que fur les différentes paffions qui l'animoient. Si je le trouve égal à Horace dans fes Odes, il lui eft, felon moi, bien inférieur dans fes Epîtres. Il y a beaucoup plus de Philofophie dans celle du Poëte Romain. L'un eft un Cenfeur agréable qui montre aux hommes leurs travers & leurs ridicules, en leur faifant aimer la main qui arrache leur bandeau. L'autre cherche moins à rendre la vertu aimable que le vice odieux, & il ne femble l'abhorrer que parce qu'il en a été la victime. Je ne crains pourtant pas de le placer au-deffus de Boileau dans cette partie, perfuadé qu'il renferme plus d'idées, & qu'il dit des chofes moins communes. Quand on veut inftruire les hommes, il faut leur apprendre du nouveau ; ou fi on ne leur prêche que des vérités

connues, il faut être pathétique, les émouvoir pour les porter à la vertu qu'ils con-
noissent sans la pratiquer.

Vous voyez, Monsieur, que je n'imite
point l'enthousiasme de M. de Vauvenargues, qui trouve tout admirable dans un
Poëte célébre qu'il eût pu admirer à juste
titre, sans offenser les Manes du grand &
malheureux Rousseau. Ne peut-on pas
louer César sans déprimer Pompée?

CONSEILS D'UN VIEIL AUTEUR

A UN JEUNE,

OU L'ART DE PARVENIR

Dans la République des Lettres.

Vous voulez donc, Monsieur, que
je vous fasse connoître la route qui conduit à la gloire des Lettres. Je vais guider
vos pas, & les détourner des senti rs

K

qui pourroient vous égarer. Ma franchife n'a plus de frein qui l'arrête. Vous
ferez le premier en faveur de qui je dé-
chirerai le voile. Jufqu'ici j'ai adroi-
tement éloigné de la carrière ceux qui me
témoignoient le defir d'y entrer : j'appré-
hendois d'y rencontrer quelqu'un qui
me difputât le fceptre des Arts. La paffion des honneurs littéraires & guerriers
s'irrite d'avoir des rivaux. Le courage
le plus intrépide craint qu'on ne partage fes lauriers : mais mon ambition
refroidie par la glace des ans , ne m'en-
hardit plus à de nouveaux triomphes ,
ou plutôt mes forces éteintes fe refufent
à mes defirs. Alexandre , maître du
monde entier , fentoit moins le plaifir
de le voir fous fes loix , que la douleur de n'en pouvoir conquérir un autre.
Je vais expirer fur un tas de trophées ,
affligé de ne plus occuper les cent voix
de la Renommée ; je veux cependant
fur les bords du tombeau imiter ces Em-

piriques qui attendent leur dernier fou-
pir pour communiquer les fecrets qui
ont affuré leur fortune & leur gloire.

Le mérite a moins d'empire fur les
hommes que la réputation. Les uns font
incapables de juger , les autres n'en veulent point prendre la peine , prefque tous
veulent être éblouis : parlez à leurs fens ,
vous êtes affuré de régner fur leurs efprits. Soyez perfuadé que vous êtes un
grand homme , vous le perfuaderez bientôt aux autres. L'art de fe faire un nom
dans les Lettres , eft celui de bien choi-
fir un rôle , & de le jouer à propos.
Abattu par un léger revers , vous n'o-
fez plus rentrer dans la lice. Vous voyez,
dites-vous , des Piéces de Théâtre qui
ne valent pas la vôtre , honorées des
applaudiffemens du Public : mais ne feroit-ce pas un peu votre faute ? Puifque vous vouliez plaire au Public, pourquoi n'en preniez-vous pas les moyens ?
Avez-vous donné du brillant , de l'extra-

ordinaire ? La nature eft votre modéle ;
elle eft trop vieille pour ne pas radoter
& ennuyer. Il eft une efpéce de co-
quéterie d'Auteur que vous ne connoif-
fez pas encore.

En vérité la timidité qui vous retient
eft trop peu naturelle aux Ecrivains,
pour ne pas être regardée comme un
phénomène ; les mauvais fuccès ne les
éclairent jamais fur la foibleffe de leurs
talens. Ils ne leur font voir que l'injuftice
qui leur refufe des lauriers mérités. Ils
s'animent , & prennent un effor plus
hardi , femblables à ces oifeaux paffa-
gers que les cris & les huées forcent
à porter leur vol plus haut. D'ailleurs
s'ils font mécontens du Public , n'ont-
ils pas toujours une reffource , la voie
d'appel à la poftérité qui les jugera
fans doute , fi leurs ouvrages parvien-
nent jufqu'à elle. Je me fuis trouvé dans les
mêmes circonftances. Je donnai une Tragédie qui felon moi devoit enlever tous les

suffrages. Elle fut accueillie au bruit des fiflets ; je n'en fus point humilié, je connoiffois trop bien mes forces & la foibleffe de mes Juges. J'affectai un air triomphant, qui fembloit arracher la victoire des mains de mes ennemis. J'imitai ce Héros du Taffe, qui étendu fur la pouffière, menaçoit encore des yeux le rival qui l'avoit terraffé. On vous croira des forces, fi vous montrez du courage. Sçavoir en impofer aux hommes, c'eft avoir trouvé le fecret de les gouverner.

Je confeillerois à un jeune homme qui court après les honneurs littéraires, de s'attacher d'abord des amis qui le faffent valoir ; qu'il ne les cherche point parmi les gens de fa profeffion ; s'il en rencontre quelques-uns, ce feront des amis faux qui tendans au même but tâcheront de l'en écarter. Les Auteurs font comme les femmes ; elles font toujours moins flatées des hommages qu'on leur rend, que choquées de ceux qu'on adreſſe à leurs rivales.

Pope a dit qu'il falloit lire ſon ouvrage à un ennemi : j'ajouterois volontiers qu'il faut le lire à un ennemi qui ne ſoit pas Auteur. Un homme qui court la même carriere que vous, & qui eſt votre ennemi, verra ſans doute vos défauts, éclairé par la haine ; mais il les laiſſera paſſer, parce que, produits au grand jour, votre humiliation deviendra ſa gloire.

Le parti le plus ſûr eſt de choiſir des amis ſots ; le fanatiſme eſt leur partage ; ils ſe feront une religion de vous élever ; ils croiront même s'aſſocier à vos triomphes en les publiant. La fumée de l'encens qu'ils brûleront pour vous, formera peut-être un nuage qui vous empêchera de voir vos défauts. Mais que vous importe que votre ouvrage ſoit mauvais, ſi on a l'art de le faire paſſer pour bon ? Ces prôneurs de réputation ont de terribles poulmons & beaucoup d'entêtement ; le moyen de leur réfifter ? Il en eft quelques-uns furtout, dont l'eftime n'eft pas à méprifer. Remplis de prétentions au bel-efprit, qu'ils achetent, ils les autorifent par le commerce de quelques Ecrivains qu'ils célèbrent partout, & fêtent fouvent à leur table : on leur accorde quelquefois un titre qu'ils defirent, & qu'ils perdent quand la digef-tion fe fait. Ils vous prendront pour un aigle : les gens qui ont la vue courte, croyent ordinairement voir plus loin que les autres.

Une chofe que je vous recommande encore, c'eft de gagner les bonnes graces des femmes. Un nom vanté par une jolie bouche eft fûr d'être refpecté. Il vous en coûtera quelques couplets, mais ayez foin de les faire fur le modèle de leur parure. Pourquoi prendre le ton du fentiment ? Sa lyre ne rendroit que des fons affoupiffans ; elle eft d'ailleurs enfevelie

fous les ruines de la vieille Cythère. Les
Chanfons du Théâtre Italien & de l'Opéra-Comique feroient-elles l'amufement
des Cercles & des Tables, fi elles étoient
naturelles ? Ces femmes, pour qui vous
aurez dépouillé l'Amour de tous fes avantages afin de les en revêtir, ne feront
point ingrates. Elles joueront le même
tour à Apollon : vous les avez érigées
en Déeffes, feroient-elles moins en votre
faveur ? Je ne réponds pas même que ces
Divinités ne defcendent quelquefois comme Cybele de la région fublime de l'Em-
pirée, pour s'humanifer avec un fimple
Mortel.

Enfin fi l'intrigue eft la bafe de la réputation littéraire, c'eft fur-tout auprès
des femmes que ce mobile eft néceffaire.
Elles étendent leurs loix fur la littérature qui en acquiert plus d'aménité, &
principalement fur les Tragédies qui y
gagnent des agrémens. Une pièce qui
leur eft lue eft un prodige, elles par-

lent de l'Auteur à leur toilette, & dans leurs
foupers comme d'un efprit divin que le
Ciel a formé pour leurs amufemens ;
l'enthoufiafme s'empare de leurs amans,
& des amis de leurs amans, de mauvais
plaifans vous diront peut-être que le
beau féxe, depuis Madame des Houliere,
a toujours protégé les mauvais ouvrages,
c'eft une preuve de fon extrême fenfi-
bilité. N'oubliez pas fur-tout de vous ménager ces femmes galantes qui font du
bruit dans le monde , elles font bonnes
& ne prennent jamais un intérêt médiocre.
Chez elles, une connoiffance eft bientôt
un ami , un ami bientôt un amant.

Après ces avis généraux, il faut
vous en donner de particuliers & relatifs à chaque genre ; c'eft un charlatanif-
me dont je dois vous faire connoître le
manége. Les honneurs de Corneille &
de Moliere allument ordinairement l'imagination d'un jeune homme qui fe croit

quelques talens. A peine a-t-il fecoué la pouffière du Collége, qu'il tourne fes yeux vers le Théâtre. Il eft vrai que c'eft le chemin qui méne le plus fûrement au Temple de la Gloire & de la Fortune.

Vous déterminez-vous à faire une Tragédie ? Gardez-vous donc bien d'expofer des perfonnages d'une vertu trop rigide; laiffez repofer tranquillement les cendres de ces Héros qui ont eu le malheur de ne point vivre dans le fiècle de la galanterie & de la frivolité. Quel intérêt voulez-vous que prennent les femmes aux entretiens de ces hommes qui n'avoient point la gentilleffe des manières, & la délicateffe des graces ? Si vous leur donnez une feconde vie, ayez foin de les habiller à la Françoife : prêtez-leur nos mœurs & nos goûts ; ainfi naturalifés, ils pourront plaire. Vous êtes affuré que les Acteurs feront d'accord avec vous; l'obfervation du coftume leur donnéroit un air trop étranger. N'étalez point ces passions terribles qui ébranlent l'ame, & la déchirent. Laissez aux Grecs cet appareil lugubre qu'ils croyoient nécessaire à l'action, & qui nous occuperoit trop fortement, en fixant toujours notre attention sur le Théâtre. Quel spectacle que celui d'Œdipe! Il paroît au milieu d'un peuple, languissant, prosterné, & appellant la mort par ses gémissemens. La Scène entiere est une image effrayante du fléau qui ravage ses Etats : quelques nuances d'amour auroient dû égayer ces couleurs trop sombres. Les Athéniens avoient la complaisance de courir à ces Tragédies ; je n'en suis pas surpris. Pouvoient-ils avoir cette légéreté, cette politesse que nous avons acquises, en effaçant la rouille des siécles qui nous ont précédés. Ils s'imaginoient, ces bonnes gens, que la Tragédie devoit corriger les mœurs, en exposant les passions & leurs suites funestes. Quelle erreur ! Nos Auteurs l'ont

apperçue, & l'ont détruite, ils ont donné à
ce drame un objet plus raisonnable, celui
de nous amuser. Frappez les yeux par des
Tableaux multipliés, si vous ne pouvez re-
muer le cœur. Des Tragédies, en estampes
sont admirables. Présentez des Héros qui
ressemblent à ceux de Mlle Scudéri. Un
amour mâle vigoureux ne plaît point sur le
Théâtre. Il n'est pas question de vous occuper du plan de votre Piéce. Les beautés de
détail, des dialogues tendres, langoureux, des songes, des reconnoissances,
des maximes qui feront belles, si elles font
ou hardies ou obscures; des coups de
Théâtre semblables à des attaques d'a-
poplexie, un dénoûment brusque que le
poison ou le poignard feront naître à propos, ne permettront pas à vos Juges d'e-
xaminer le fond. La forme est tout ce
qui intéresse. Un bâtiment plaît-il par
la régularité des proportions ? Non,
c'est par les colifichets qui l'embellissent Votre Tragédie finie, il faut la met-

tre fous l'aîle de quelques protecteurs ;
c'eft un enfant né de votre fein, mais
dont les peres adoptifs auffureront mieux
l'état que vous-même. A l'ombre de puif-
fantes protections, vous franchirez les
obftacles qui vous arrêteroient à la barrière. Votre Pièce fera lue, reçue ,
jouée. N'oubliez pas furtout de faire votre
cour aux Comédiens ; comptez plus fur
leur art, que fur vos talens : ils tiennent
entre leurs mains les deftins de ces fortes
d'ouvrages. Il faut brûler quelques grains
d'encens aux pieds des Actrices, ce culte les touchera, un intérêt vif régiera
leur jeu ; du jeu naîtra l'illufion. Une
Actrice adroite , intelligente a fait le
fuccès de plus d'une Tragédie. Mais en
vain auriez-vous pris toutes les précau-
tions que la prudence vous auroit dictées ;
fi vous négligiez de parer les coups que
peut vous porter la cabale.

Paris n'eft pas plus occupé de l'évé-
nement d'une bataille , que de celui d'une

Tragédie : elle fournit matière à toutes les conversations, même avant sa naissance. Comme on trouve des Politiques qui vous annoncent toujours d'un ton ferme & avec des yeux qui semblent lire dans l'avenir la victoire ou la défaite ; on rencontre aussi des gens qui vous prédiront, en hommes inspirés, le succès ou la chûte d'une Piéce de Théâtre. Il y a néanmoins quelque différence. Les premiers n'influent jamais sur le sort des armées, & les derniers sont souvent maîtres de celui d'un Auteur. Ceux qui peuvent faire tort à votre ouvrage se divisent en plusieurs espèces. Je ne vous dirai rien de vos Confrères déjà accablés par les huées du parterre : vous ne doutez pas, je crois, de tous les mouvemens qu'ils se donneront pour vous faire tomber ; votre chûte est trop capable de les consoler. Je ne veux vous faire connoître que ceux qui n'ont d'autre intérêt à nuire, qui parce qu'en nuisant, ils ont

le plaifir de faire de la peine. Les uns
font une troupe de gens paîtris de fiel,
dont l'exiftence n'eft remarquée que par
le venin qu'ils diftilent : Mifantropes ou-
trés, ils n'ont jamais rien approuvé. L'é-
loge les rapprocheroit trop des hommes
qu'ils haïffent : ils fe déchireroient eux-
mêmes, fi le monde étoit moins rempli
de fottifes ; ils voyent tout en noir, & en
font ravis ; il femblent ne refpirer l'air
avec plaifir, que lorfqu'il eft couvert d'é-
paiffes vapeurs. Les autres font des gens
oififs qui n'ont d'autres mouvemens que
ceux qu'on leur imprime. Echos bruyans
des opinions journalières, c'eft par la parole feule qu'ils reffemblent à l'efpèce humaine : ils ne fe déclarent pour ou contre
un ouvrage qu'afin de montrer qu'ils
peuvent tenir un coin dans le monde.
C'eft un troupeau qu'on méne comme on
veut : ils font tels que ces Gondothiers
d'Italie qui étoient au fervice de ceux qui
vouloient les employer; mettez - les dans

vos intérêts, les uns vous critiqueront,
parce que la critique suppose plus d'esprit
que la louange. Il ne faut qu'un cœur
sensible pour être touché des beautés.
Un esprit subtil, pénétrant, saisit les
défauts. Les autres s'acharneront contre
votre ouvrage, précisément parce qu'ils
ne l'ont pas fait, ou que vous ne les
avez pas consultés. Voilà donc tous ces
ennemis prêts à vous faire la guerre.
Voyez la cabale, s'ameuter & vous me-
nacer. Entrerez-vous dans la lice sans
avoir détaché des troupes auxiliaires pour
vous soutenir, sans avoir fait occuper
les postes les plus essentiels ? Le succès
d'un Drame dépend de la cabale plus ou
moins forte : si la vôtre écrase celle qui
vous est opposée, vous êtes triomphant.
Il s'agit de choisir des champions dont
les mains robustes frappent fort & souvent, dont les pieds fassent voler la poussière jusques sur le théâtre ; que leur bour-
donnement interrompe l'Acteur à chaque

vers : s'ils empêchent d'entendre, votre Pièce en fera meilleure ; pleins de zèle pour vous, ils forceront tout le monde à recevoir leurs impreſſions ; peut-être dans leur enthouſiaſme, demanderont-ils pour vous les honneurs les plus rares de Melpomène. Enfin voilà vos ennemis vaincus, terraſſés, & votre ouvrage porté juſqu'aux nues.

Je ne penſe pas que vous vouliez vous repoſer à l'ombre de vos premiers lauriers. A peine eſt-on entré dans le pays des lettres, qu'on veut en parcourir toutes les contrées ; il n'eſt point d'Auteur qui ne ſe croye en droit d'y régner & d'en changer les loix & le gouvernement. L'audace eſt la mere des grands ſuccès. Vous allez donc embraſſer toutes les branches de la Littérature ; je vais vous en faire connoître les fruits. Vous ſerez tenté, ſans doute, de vous eſſayer dans le genre comique. Eh quoi ! vous voulez nous faire rire ? y penſez-vous ? Cela étoit bon du

tems de nos ayeux qui avoient encore la
simplicité Gauloise. Nous avons bien ré-
formé Thalie. Ce n'est plus cette Muse
enjouée, élève de Momus, qui attiroit
sur ses pas les jeux & les ris : elle inspiroit trop de gayeté par son air franc
& libre ; ses saillies agitoient trop les
lèvres & changeoient les graces du sourire
en des grimaces ridicules ; nous lui avons
donné une physionomie plus décente,
plus composée, nous l'avons tournée vers
des objets sublimes ; nous en avons fait
une Métaphysicienne qui disserte sur le
sentiment. Voyez comme elle pénétre les
replis les plus cachés du cœur, & on en
fait l'anatomie. N'allez donc pas sotte-
ment marcher sur les traces de Térence
& de Moliere : personne ne s'avise plus de
manier leur pinceau trop grossier. Ces
Ecrivains peignoient la nature avec des
traits qui sautoient aux yeux. Nous vou-
lons des portraits rendus avec des couleurs
si fines, qu'on ait de la peine à saisir la

reſſemblance avec l'original. Un peu de pitié pour cette nature trop difforme ; embelliſſez-la, & cachez ſes rides ſous le fard dont vous les couvrirez. Que vos perſonnages parlent beaucoup & n'agiſ-ſent jamais, ou ſi vous les faites agir, occupez-les à faire des Madrigaux ou des Epigrammes. Traveſtiſſez vos va-lets en gens d'eſprit : Fontenelle a dit qu'il falloit en donner aux Bergers. Pour-quoi ſeriez - vous moins libéral envers les Frontins ? La Féerie vous ouvre ſes tréſors, la Métaphyſique ſes ſentiers tor-tueux. Ici, la baguette à la main vous opérerez tous les prodiges que vous vou-drez ; vous aſſocierez la Muſe comique aux preſtiges de celle de l'Opéra. Là, vous ferez ſoutenir des thèſes ſur le ſen-timent, ſur ſon principe, ſes gradations, ſes effets. Enfin, ſi vous l'aimez mieux, livrez - vous au comique-larmoyant. N'a-t-on pas déjà dit, que tous les genres étoient bons, qu'il n'étoit queſtion que

de réuffir? Vous aurez l'avantage fublime de dénaturer les chofes, de détruire
leur effence. Ce genre a des appas & peu
de difficultés. Lifez nos anciens Romans,
nos Drames hermaphrodites font tous
calqués fur ces modéles. Il faut nous
intéreffer par une intrigue romanefque
& attendriffante, nouée par des incidens
arrivés du pays des chimères, coudre
à tout cela des reconnoiffances qui étonnent, des fituations qui ferrent le cœur.
Si après vous mettez le pfincipal rôle
entre les mains d'une Actrice telle que
Mademoifelle Gauffin, je vous garantis les
fuccès les plus brillans. Mélanide & Cé-
nie vous attendent pour vous faire affeoir à leurs côtés. On vous accufera
peut-être de plagiat ; mais rien n'eft
moins fondé qu'un pareil reproche. Le
temple des Arts eft un magafin ouvert
à tout le monde. D'ailleurs dès que deux
Ecrivains peuvent fe rencontrer, un pa-
eil grief fe détruit de lui-même? Fai-

tes des invasions sur les terres d'autrui,
& enrichissez-vous de ses dépouilles ; avec
un peu d'industrie, vous les ferez passer
pour des possessions légitimes. Vous joui-
rez tranquillement, l'examen des titres
est trop pénible ; s'il avoit lieu, quèl
renversement !

Enfin l'accusation de Plagiat a été si
souvent répétée qu'on n'y croit plus. Ro-
berval ne prétendoit-il pas que Descartes avoit pillé ses découvertes ? Rou-
girez-vous d'un reproche qui vous associe
à un grand homme ?

S'il vous prenoit jamais envie d'em-
boucher la trompette héroïque, étouf-
fez au plus vîte ce desir. Ce n'est pas
que je croye la Langue Françoise in-
capable d'atteindre au sublime de l'E-
popée ; il faut bien peu la connoître
cette Langue pour avancer ce paradoxe.
M. de Malézieu a parlé dans cette occasion moins en Homme de Lettres, qu'en
Géomètre qui n'a pas voulu donner à sa

Langue des beautés trop hardies , parce qu'il les condamne. Nos goûts font nos décifions. C'est presque toujours le cœur qui juge au lieu de l'esprit. Si nous n'avons point de Poëme épique, car il faut être de bonne foi, c'est que les sujets ont été ou mal choisis, ou mal remplis ; je ne crois pas non plus qu'il soit le plus difficile de tous les Poëmes : il n'est peut-être le plus difficile que parce qu'il est le plus long. Notre feu s'éteint trop vîte. Le terme que nous appercevons dans une distance éloignée rallentit notre marche. Les plans de tous les Poëmes épiques se reffemblent ; qui a lû l'Iliade & l'Enéide les connoît presque tous. La différence est dans la forme, les détails & les mœurs. Avec le coloris que vous avez & une patience soutenue par l'amour de la gloire , vous fourniriez une route tracée depuis tant de siécles , & toujours suivie servilement. Les vastes tableaux de Milton & du Taffe nous feroient rire

leur génie créateur n'a enfanté que des chimères, le Pont du premier, & la Forêt
enchantée du fécond, font d'un délire
qui fuppofe trop d'imagination. Je vous
connois. Vous feriez homme à donner
dans le merveilleux, & notre raifon eft
trop épurée pour l'admettre. Les machines font ufées depuis le temps qu'elles
fervent. Vous aimeriez mieux faire agir
les Dieux du Paganifme, que les démons
& les forciers. De quel ridicule ne vous
couvririez-vous pas? Ces Dieux font dans
un difcrédit dont il ne fe releveront
jamais; il eft permis de les nommer dans
un Poëme, mais non de les faire agir.
Si vous faifiez mouvoir ces divinités, les dévots vous taxeroient d'irreli-
ligion, & les Philofophes, d'extrava-
gance. Ne voyez-vous pas un champ
plus vafte qui fe préfente, la politique,
la piété, la difcorde, l'innocence, le zéle,
le fanatifme; on anime ces êtres meta-
phyfiques; on devient créateur; on ne

doit rien aux anciens, qui n'ont pas eu le talent d'imaginer ces belles chofes. En fuivant cette méthode, vous avez le bonheur de plaire aux Philofophes, c'est à-dire à tout le monde.

Je fçai que vous avez un goût décidé pour l'Ode. La flamme du génie, pour mieux dire, celle du cœur eft la fource d'où s'élancent ces beautés hardies. L'imagination peint, le cœur anime les couleurs. Celui-là eft le foyer d'où part le feu; celle-là le centre qui le reçoit. C'eft précifément cette chaleur dont vous brulez qui vous précipitera dans des écueils, dont je veux vous préferver. Ignorez-vous les bienfaits de la Philofophie ? Elle a donné des chaînes aux Arts pour nous venger de la tyrannie qu'ils exercent fur nos ames : elle a foumis l'Ode & réprimé fes écarts. Que cette Philofophie eft admirable ! Je ne doute pas qu'un jour elle n'impofe des loix aux vents, & ne les oblige de

suivre un cours réglé. Vous auriez peut-
être l'imprudence de courir dans la carriere, lorsqu'il faut la mesurer ; de voler
d'une aîle rapide, lorsqu'il faut ne faut
que planer. Dans un siécle aussi sage que
le nôtre, irez-vous ressusciter l'enthousiasme de Pindare, renouveller les vives
images d'Horace, imiter l'ivresse de
Rousseau ? Si vous aviez le flégme & la
Logique de Lamothe, je vous remettrois
volontiers la lyre. Vous me direz sans
doute, les Philosophes font des Odes, pourquoi ne m'en aviserois-je pas ? Je le vois,
vous avez du courage : mais croyez - vous
réussir comme eux ? Je ne dis qu'un mot
pour changer en glace l'ardeur qui vous
embrase. Lisez l'Ode de l'Académicien de
Berlin sur la bataille de Rosbac.

Dans toutes nos conversations vous
avez toujours montré beaucoup de dé-
dain pour la Comédie Italienne & l'Opéra-Comique. Les talens, disiez-vous, s'af-
foiblissent, portés sur des objets frivo-

L

les. Vous citiez en exemple la fureur
des portraits, le goût des colifichets en
peinture qui énervant le génie, l'empêchent de s'élever à l'Histoire partie sublime de cet Art, faites-y attention. Si
vous voulez plaire au Public, il faut
épouser ses caprices. Voyez-le déser-
ter la Comédie Françoise. N'a-t-on pas
vû Jérôme & Fanchonnette attirer tout
Paris, & Rodogune n'avoir que quelques ignorans pour elle ? Les Parodies
de la Comédie Italienne ne sont-elles
pas amusantes ? Pensez aux décorations
qui les accompagnent, & cessez d'être
surpris. Mais peut-être vous rendez-vous
justice. Vous ne vous croyez ni poliçon
assez fin, ni plaisant assez délicat pour
réussir dans ces deux Spectacles.

Vous sentez-vous né pour les grandes
choses ? Allez enfanter des merveilles
sur le Théâtre de l'Opéra. Quelle gloire
de régner sur la nature entiere ! Déja
je vous vois renfermer dans un espa-

te étroit cette mer dont l'étendue est l'image de l'infini. Vous soulevez & calmez les flots à votre gré. Vous changez en un désert affreux une plainte riante, que les zéphirs caressoient de leurs aîles, & parfumoient de leur soufle. Des rochers s'élevent où brilloient les plus agréables fleurs. On entend des hurlemens, où les rossignols faisoient entendre leurs doux ramages. Appellez-vous les orages ? ils n'oseroient vous résister. Bâtissez-vous un Palais ? il est aussitôt élevé que conçu. Quelle magie ! Quelle adresse ! Vous l'emportez sur l'Alcine de l'Arioste. Je vous vois renouveller le siécle de Saturne, en faisant jouir les hommes du commerce des Dieux. Vous parlez, l'Olimpe entier descend à votre voix ; & si vous le voulez, l'enfer le remplace à l'instant. Il est inutile de vous inquiéter de la justesse : on ne juge point à l'Opéra, les sens y subjuguent l'esprit avec raison : il est le fléau des plaisirs ; il leur

ôte le sentiment en voulant les analyser.
Mais je demande de l'esprit pour vos
Personnages, qu'ils en pétillent. Les Dieux
parleront le langage des Bergers, les
Bergers celui des Dieux. Que les uns
& les autres expriment leurs soupirs
avec finesse. L'élixir du sentiment doit
assaisonner leurs tendres amourettes. Si
vous ne trouvez pas ces talens en vous-
même, Issé, l'Europe Galante, Endimion
vous seront d'une grande ressource. Vous
êtes maître absolu. Vos personnages pa-
roîtront & disparoîtront, selon votre
fantaisie. Vos fêtes n'auront pas de rapport avec l'action; il y auroit de la mo-
notonie. Pour varier le plaisir, on leur
joindra des danses qui n'auront ni plan,
ni caractère. Jouissez de vos droits, vous
êtes créateur. Qui dispose de la matière,
lui imprime le mouvement qu'il veut.
Ce genre n'est pas si facile qu'on se l'i-
magine. Est-il donc si aisé de marier les
choses les moins faites pour aller ensem-

ble ? Si vous prêtez l'oreille au préjugé vulgaire, il vous dira que vous serez éclipfé par le Muficien. Pitoyable raifonnement ! En lui fourniffant des paroles lâches propres à le faire valoir, vous partagerez la palme avec lui. De quelqu'éclat que brille la forme appliquée fur une matière fléxible, elle ne peut s'en attribuer l'honneur entier. Si le Muficien rencontre un *feuillage*, un *miniftere*, un *triomphe*, un *régne*, un *vol*, quels fons mélodieux ne va-t-il pas faire entendre ! N'avez-vous pas droit à cette gloire, puifque vous avez eu l'adreffe de trouver ces mots favorables qui ont été la fource de fon Harmonie ? Au refte n'allez pas prendre un fait hiftorique pour le fujet de votre Opéra. Laiffons ce ridicule aux Italiens ; contentons-nous d'avoir adopté leurs meilleures chofes. Leur mufique eft devenue la nôtre ; & leurs concerti brillent dans nos écrits.

L'emploi d'écrire l'Hiftoire feroit-il

comme ces Charges difficiles qu'on croit
pouvoir remplir, parce qu'on a l'ambition d'y aspirer ? Il étoit réservé autrefois à ces hommes qui par leur état
avoient acquis les connoissances néces-
saires, ou qui par des voyages étoient
devenus témoins des faits qu'ils transf-
mettoient à la postérité, encore ne s'en
chargeoient-ils qu'en tremblant. Aujourd'hui nous voyons tranquillement les
obstacles qui les effrayoient. Les difficultés que les Anciens appercevoient dans
les Arts, ressemblent à ces hautes montagnes qui paroissent s'abaisser à mesure
qu'on s'en éloigne. Un Solitaire assis à
l'ombre de sa cellule est assez instruit des
Finances, de la Marine, de la Guerre ;
il a assez bien combiné les différens intérêts des Souverains pour écrire l'Histoire de sa Nation, ou celle de l'Univers. Rien ne prouve mieux la supériorité de nos talens, que ces hommes
qui publient des Traités sur des matiè-

res qu'ils n'ont point étudiées. Les Polibes, les Clarendons, & les de Thou étoient des êtres fort communs. Il faut être très-habile pour se passer de l'expérience. Le Mathématicien raisonne sur la guerre qu'il n'a point faite ; le bel-esprit sur le commerce qu'il n'a pas exercé ; le Méta-physicien sur les finances qu'il n'a pas maniées, ou sur la marine sans avoir vu un port de mer ; & le Prédicateur s'essaye sur les Arts d'agrémens & d'économie. Ces exemples sont des autorités respectables. Ecrivez donc l'Histoire, & vous plairez. Si votre ima-gination est votre unique régle, osez soumettre les faits à son empire. Em-pruntez les touches brillantes du Ro-man. Eh quoi ! n'auriez-vous pas la noble hardiesse de prétendre aux succès de l'Histoire du Peuple de Dieu ? Vou-driez-vous consulter les Auteurs ori-ginaux, les comparer, discuter leurs mo-tifs, leurs intérêts, enfin déterrer des

Mémoires obscurs, & avaler la poussière qui les couvre? Varillas, Mainbourg, plusieurs de nos Auteurs modernes vous exemptent de cette peine. répandez hardiment le pirronisme ; l'Histoire n'est que le Roman des faits. Les Historiens Catholiques, sur-tout le Pere d'Orléans, prodiguent les éloges à Marie d'Ecosse, que les Protestans peignent comme un monstre. Quelles contradictions ! tout vous invite à tenir une route nouvelle. Ne sacrifiez à la vérité qu'autant qu'elle pourra flatter la malignité humaine. Erigez-vous en Philosophe. Raisonnez sur les faits au lieu de les narrer. Arrangez les événemens à votre gré ; faites-les remonter à des causes qu'ils n'ont jamais eues ; vous passerez pour un Politique rafiné. Percez la sombre profondeur des cabinets des Princes & des Ministres. Que votre œil pénétrant démêle leurs plus secrettes pensées. Il est beau de deviner ce qu'on n'a point vu. Semer à chaque instant les doutes & les foupçons, ranger dans la claſſe des préjugés les choſes dont on n'apperçoit pas l'évidence, trouver dans la Phyſique des raiſons pour anéantir l'éxiſtence d'un fait qui paroît merveilleux : voilà en quoi brille l'habileté de l'Hiſtorien. La critique doit être dans vos mains un flambeau qui diſſipe les ténebres. On vous croira plus éclairé que vos prédéceſſeurs, ſi d'un ton d'oracle vous annoncez qu'ils ſe ſont trompés. On aime à voir les détails les plus minutieux ennoblis, les anecdotes, ou puériles, ou ſcandaleuſes, expoſées au jour, les noms des Princes & des Grands cités comme garans de ce qu'on avance. Si vous attrapez un ſtyle léger, hardi, qui ait même une teinte de poeſie, vous ſerez lû avec tranſport. Avez-vous du talent pour les portraits ? livrez-vous-y. Que tous les faits viennent rendre hommage à votre pinceau qui les animera des couleurs les plus vives. Des tableaux faillans bien contrastés qui se succéderoient sans intervalle, sur lesquels vous jetteriez à propos les ombres & les lumières, formeroient une galerie agréable. Mais avant que de commencer, il vous faut un Maître dont vous devez saisir la manière, & je pense que vous ne balancerez pas sur le choix.

Le genre qui a pour objet l'étude des mœurs & leur peinture, est peut-être celui qui flatte le plus l'imagination d'un Auteur. Observer les hommes pour les pénétrer, les connoître pour les instruire, c'est s'arroger une supériorité sur eux qui nourrit l'orgueil d'un Ecrivain : il se dresse un tribunal, aux pieds duquel il cite le genre humain, l'examine & le juge. A entendre ces Précepteurs de l'Univers, leurs oracles n'ont pour but que les avantages de la société. Je le pense. Je ne veux pas démêler comme eux les motifs, ce seroit attenter sur leurs droits, & l'infaillibilité n'appartient pas à

tout le monde. Il faut avoir vécu avec
les hommes, les avoir étudié avec soin,
pour en tracer le tableau fidéle. On
croit souvent les peindre tous en se
peignant soi-même. Nous nous imagi-
nons en lisant les anciens Moralistes,
qu'ils n'ont rien laissé à glaner après eux.
Nous croyons bonnement voir dans Montagne, Charron ou la Mothe-le-Vayer,
les idées meres de ce qu'ont dit nos
Ecrivains. C'est se tromper lourdement.
Avoient-ils l'art de définir les vertus &
les vices avec cette subtilité qui n'appartient qu'à ceux de nos jours ? Avoient-
ils ce style mystérieux entortillé que ceux-
ci ont créé ? Leurs portraits brilloient-ils
de cette enluminure dont le secret est
nouveau ? Tenoient-ils dans leurs mains
le fil de la Métaphysique sans lequel il
est impossible de parcourir tous les détours du labyrinthe du cœur humain ?

Je ne suis pas étonné que ces ouvrages ayent un grand cours. Peuvent-ils

manquer d'avoir de la célébrité dans ce siécle ? Par le souffle de l'esprit philosophique les Etres pensans se sont multipliés à l'infini ; la Philosophie differte en cornette, & comme le luxe elle gagne tous les états. Avec un peu d'art on se distingue dans ce genre. On peut mettre à profit les conversations des personnes d'esprit avec lesquelles on vit, s'en approprier les réflexions, les idées. On peut moissonner chez les Moralistes Anglois. Milord Sheaftersburi n'est pas le seul qu'on puisse mettre à contribution. Souvenez-vous que vous êtes ici Philosophe pour en remplir les fonctions ; vous devez prendre un ton despotique, laisser tomber des regards dédaigneux sur l'espéce humaine environnée de miséres, préférer en tout les Nations étrangères à la vôtre, avancer des paradoxes hardis, enfiler des pensées qui visent au logogryphe.

Si vous étiez jaloux d'une gloire qui

ne vous offrira fur fes pas ni de grandes peines, ni de grands rivaux, vous
devriez établir une manufacture de Romans. Vous verriez vos ouvrages enlevés aussi rapidement que les bijoux de
modes, & devenir la nouvelle du jour.
Des aventures tendres, ou galantes, ra-
contées d'un style néologique, semées
de ces réflexions que tout le monde fait,
ou de celles qu'on s'efforce de deviner;
des tableaux voluptueux & sans draperie
dans lesquels on verroit un amour enjoué,
qui d'une main écarteroit les soins, les
allarmes, & de l'autre couronneroit le
désir sans lui donner le temps de s'expli-
quer; des descriptions pompeuses d'un
jardin, d'un palais, d'une fête, d'un spectacle, d'un cercle, telles sont les beautés qui mettroient vos Romans en
faveur. Vous seriez lû à la toilette
des Dames, & souvent dans leur anti-
chambre. S'il est des momens qui paroissent des siécles, ce sont ceux qui s'é-

coulent dans l'intervalle d'un rendez-vous.
L'ame partagée entre la crainte & l'efpérance fe livre toujours plus à la première. Vous ferez remplir agréablement
ce temps à une Amante qui vous lira :
l'image de fes plaifirs raprochera l'inftant de la réalité. Je le vois, ces honneurs éphémeres n'ouvrent point votre
cœur au defir de les poff* der ; tant d'Auteurs célébres s'en font contentés. Votre
ambition fe porteroit-elle au-delà de
leurs vœux ? Avez-vous plus de droit
aux hommages de la poftérité ? Cet amour
d'une gloire qui n'honorera que vos
cendres me paroît en vérité une belle chi-
mere. Qui vous a d'ailleurs promis que
le ton que vous prendrez dans vos ouvrages fera celui de la poftérité ? S'il
ne l'eft pas, vous aurez perdu le préfent
& manqué l'avenir. Il faut imiter les
Anciens, dit-on, pour, voler au temple de l'immortalité.

Nos Orateurs modernes font trop fa-

ges pour fe régler fur une pareille ma-
xime, ils fuivent le goût de leur fiécle ;
qui eft le meilleur, puifqu'il eft applaudi.
L'éloquence n'avoit autrefois que des
foudres à lancer : avec fon afpect terrible, fes yeux étincelans, fes mouvemens rapides, fon action véhémente, je
la comparerois volontiers à une Furie.
La nôtre eft agréable : fes regards font
doux, fon attitude eft compofée, fon
air féduifant, les graces ne la quittent
jamais ; voyez-la marcher & mefurer fes
pas : fes mains ne s'ouvrent que pour
répandre des fleurs : elle calme le cœur
au lieu de l'échauffer, affoupit les paffions au lieu de les émouvoir, & nous
laiffe enfin dans cette affiette douce &
tranquille qui conftitue le vrai bonheur.
Elle peint, mais en miniature ; elle raifonne avec légéreté, divife avec adreffe,
définit avec fineffe, differte avec fubtili-
té ; auffi quels fruits ne fait-elle pas éclore ! Elle affure promptement la gloire

de nos Orateurs facrés. Je confeillerois à quelqu'un qui afpireroit à la palme de l'éloquence, de débuter par un difcours d'éclat, de briguer un fameux panégyrique : on lui croira des talens ; s'il ofe fur-tout parler devant les Maîtres de la parole. Quel qu'en foit le fuccès, un Auteur dévot aura la charité d'en faire les honneurs ; irai-je appeller de fa décifion ? Non, j'aimerai mieux croire que tous les Auditeurs, livrés à une longue diftraction, n'ont pas apperçu des beautés qui auroient dû arrêter leurs regards. Qu'on ne s'imagine pas au refte qu'il foit fi facile d'écrire dans le goût de nos Orateurs Chrétiens. Eft-il donc fi aifé de forcer la nature à obéir à l'art, de s'enflammer fans que rien n'excite votre chaleur ? Quelle peine ne fe donnent pas nos Prédicateurs pour arranger un Sermon & le divifer, de manière que fes parties foient autant de branches auxquelles ils puiffent s'attacher au befoin ?

Quelle dextérité pour arrondir une période, la placer à propos, donner un air de profondeur aux idées, au ſtyle, & imiter ces hommes qui en couvrant leurs moindres actions du voile du myſtère, ont le ſecret de paſſer pour des Politiques! Quelle fatigue pour deſcendre dans le détail des mœurs, parcourir tous les états, & en offrir des peintures pénétrantes! Quelle intelligence pour faire choquer deux penſées, en faire partir un trait brillant, épigrammatique! Quelle fécondité pour préſenter la même idée ſous mille formes différentes! Ici ce ſera la proſopopée, là l'antithèſe, plus loin l'exclamation, ailleurs la métaphore. Non, un Général d'Armée n'eſt pas plus occupé de la diſpoſition de ſes troupes le jour d'une bataille.

Il eſt des Auteurs qui ſe ſont rendus célèbres, en écrivant contre la Religion les mœurs, ou le gouvernement. Ils ont appellé l'audace au ſecours de leurs foi-

bles talens. Ils ont excroqué la réputation ne pouvant pas la gagner. Ces procédés ne vous paroiffent pas honnêtes ,
& vous méprifez une gloire aifée qui
mène la honte à fa fuite ; mais combien
de rufes innocentes ne vous font-elles
pas offertes , prenez un fujet piquant ,
un titre impofant , quoique votre livre
n'y réponde point , le fuccès eft fûr. Les
belles enfeignes attirent ; les plus adroits
charlatans de la foire S. Germain, ne
font-ils pas ceux qui ont le plus de monde?
Il n'eft queftion que de faire parler de
vous , verfez ouvrage fur ouvrage , af-
fiégez le Public , c'eft le moyen de vous
en rendre maître. Donnez de nouvelles
éditions quoique les premières ne foient
pas épuifées , que les Journaux & les
Papiers publics ne retentiffent que de
vous. Qui vous empêche encore d'atta-
quer des Écrivains renommés , en rétréf-
ciffant leur exiftence vous étendrez la
vôtre. La gloire eft comme la fortune ; on

y va par tous les chemins ; combien d'opulents & de littérateurs dans la pouſſière, s'ils n'avoient été que bonnes gens.

Si les Auteurs contre leſquels vous vous ferez déchaîné, ne répondent point, triomphez ; c'eſt une preuve de leur foibleſſe, s'ils ont la cruauté de ne vouloir pas vous illuſtrer, revenez à la charge, le Poëte Gâcon vouloit faire imprimer une brochure intitulée. *Réponſe au ſilence de M. de la Mothe*, celui-ci n'étoit pas en régle, un ennemi qui refuſe le combat arrache à un galant homme l'occaſion de ſe ſignaler.

A tous les avis précédens je crois néceſſaire d'en ajouter quelques-uns qui ne ſont pas d'une moindre utilité. Je voudrois qu'un Homme de Lettres ne ſe renfermât point dans le cercle de la Littérature, mais qu'il fît des courſes dans les Sciences : elles ſont à préſent d'un accès ſi facile ; en parcourant l'Alphabet on peut les apprendre toutes. Les

Mathématiques font à la mode ; vous ne devez pas les négliger. Corneille & Boileau ne connoissoient ni une tangente, ni une courbe : c'est une qualité de moins qui dépare leur mérite. Les Mathématiciens se mêlent de Belles-Lettres ; pourquoi ne feriez-vous pas sur eux les mêmes entreprises ? Vous ne deviendrez peut-être pas un grand Géomètre, c'est un goût naturel qui le fait, & les découvertes seules en donnent le juste titre. Je ne dis pas que vous vous enfonciez dans la Géométrie sublime, mais que vous en preniez une teinture qui vous mette en état de commenter Descartes & Newton si vous en aviez envie.

Je souhaiterois qu'un jeune Auteur s'attachât au char de quelques Maîtres de la Littérature : il verroit bientôt ses destins liés aux leurs. Ces hommes dont la réputation est faite établiront la vôtre. Ils croiront votre mérite leur ouvrage, parce que vous les aurez consulté : leur

amitié n'eſt pas à un trop haut prix,
quelques éloges en feront les frais, ils
vous prôneront par-tout avec zéle & de
bonne foi. Nous croyons volontiers des
talens à ceux qui nous en donnent, ou
qui exagérent ceux que nous avons. L'encens le plus groſſier entête l'amour-propre d'un Auteur. J'ai vû Fontenelle ſe
pâmer d'admiration à la lecture d'un
Poëme en ſon honneur; dont en vérité on ne pouvoit louer que le nom du
Héros.

Si, en obſervant tout ce que je vous
ai dit, vos oüvrages ne faiſoient pas ſen-
ſation ſur le Public quelquefois endormi ſur le mérite, tâchez de le réveiller
par quelques paradoxes des plus ſingu-
liers. Joüez le rôle de ces Sophiſtes
dont parle Platon. L'art de dire des
choſes, les perſuade ſouvent mieux que
la vérité. Une nuée de critiques fon-
dra ſur vos Ecrits, moins pour vous
abattre que pour vous illuſtrer. De l'a-

drefſe, ſurtout, à envelopper vos principes, vos raiſonnemens. Vos ennemis
qui vous combattront dans la nuit, ne
pourront pas diriger ſûrement leurs traits.
Vous ferez du bruit dans le monde, &
toujours malgré vous ; car vous aurez
eu ſoin d'afficher un grand mépris pour
la gloire.

Je ne dois pas finir ſans vous déſa-
buſer ſur les honneurs de la poſtérité,
qui vous enivrent déjà. Ceſſez d'encen-
ſer un Idole dont vous ne verrez peut-
être jamais les Autels. Les révolutions
qui agitent l'empire des Lettres, &
en changent le ſyſtême ſi ſouvent, ne
vous avertiſſent-elles pas de borner vos
vœux au préſent ? Ronſard, Balſac, Voiture ſi mépriſés aujourd'hui, s'applau-
diſſent des hommages de leur ſiécle. Irez-
vous après cela, martyr d'une gloire
poſthume, courir, ſécher à la pourſuite
d'une ombre, & lui ſacrifier des lauriers
que vous pouvez cueillir. Les Auteurs

amoureux des éloges de la postérité, reffemblent aux Amans délicats ; trop refpectueux pour faifir l'inftant qui les favorife, ils s'expofent à ne voir jamais leur amour couronné.

LETTRE

A M. HUBER, Editeur des Poëfies Allemandes.

DEPUIS l'entretien que j'ai eu avec vous, Monfieur, relativement aux Poëtes lyriques de votre Nation, j'ai lû ceux que votre Collection judicieufe m'a mis à portée de connoître. Leurs Odes facreés m'ont paru renfermer de grandes beautés. Elles étincélent de traits hardis & majef- tueux puifés dans l'Ecriture Sainte qu'ils fçavent mieux employer que nous. M. Klopstock, Cramer, & Anne Louife Karfch, excellent dans cette partie. Les Odes facrées de Cramer, ont un caractère d'inspiration qui anime tout. En lisant celle sur David, la rédemption, & la résurrection, j'ai cru lire les Prophêtes, c'est-à-dire les Pères de la Poësie sublime. Cet aveu qui semble être en votre faveur, va pourtant me fournir des armes contre vous.

Premièrement j'y ai remarqué une profusion d'images, un entassement de figures accumulées les unes sur les autres, qui confirment ce que j'ai dit dans mon Discours sur l'Ode, de la Poësie trop descriptive de vos compatriotes.

En second lieu, une grandeur empruntée n'est pas la véritable, je dois apprécier le génie selon le point d'où il part, le terme où il arrive, & les forces qu'il a déployées pour y atteindre. Faut-il admirer le roitelet, parce qu'il va jusqu'au Cieux, porté sur les aîles de l'Aigle? Tous les sujets que fournit l'Écriture Sainte, ont une élévation qui commande à l'enthousiasme, ils prêtent le char qui transporte

porte le Poëte aux pieds de l'Eternel, n'eſt-ce pas aſſez que d'être inſpiré par ces grands Sujets, ſans copier les expreſſions, les tours, les figures des Auteurs divins qui les ont traités? Enfin ſi un appui étranger diminue la gloire de s'être élevé, vos Poëtes ne gagneront pas, jugés d'après ce principe. Je vous l'avoue Monſieur, les Odes ſacrées de Rouſſeau me paroiſſent fort ſupérieures aux vôtres. Il a plus de beautés à lui, & plus de choix dans celles qu'il emprunte. Mais c'eſt ſur-tout dans ſes Odes profanes que je l'eſtime davantage, parce qu'il n'y doit ſon eſſor qu'à lui-même. Je pourrois encore oppoſer à vos Poëſies ſacrées celles de M. de Pompignan, peut-être ne me citeriez-vous pas un endroit comparable à celui-ci.

> Quand pour mieux braver ma vengeance,
> Tu ſuivrois l'Aigle qui s'élance
> Juſqu'à la ſource des éclairs,
> Le ſouffle ſeul de ma puiſſance
> T'anéantiroit dans les airs.

M

Tout cela ne m'empêche pas de rendre justice à vos Poëtes Lyriques. Convenir de leurs talens, ce n'est être que l'écho du Public.

Vos *chants de guerre* font entendre les sons de la Trompette de Mars. Ces Poëmes guerriers ont beaucoup de rapidité & de feu , quoique les idées en soient souvent communes. Frédéric *assis sur un Tambour , méditant sa Bataille , & ayant le firmament pour Tente* , est une belle image , mais déparée par *la distribution des Rôles de la grande Tragédie* , on me répondra peut-être que les idées que je critique ici , font conformes à l'esprit d'un Grenadier qui n'a pas dû en avoir d'autres ; il ne falloit donc pas lui faire dire que Dieu entouré des Sphères harmonieuses pèse dans sa balance le destin des Armées. Avoit-il lû Homère pour en emprunter cette image ? Mais le Poëte a donné son ton au Grenadier qu'il fait chanter , & souvent le Grenadier lui a donné le sien.

Peut-on parler des *chants* de *Guerre*, & oublier ceux d'une amazone ? elle réunit la force d'Alcée & la tendresse de Sapho. Avec quelles couleurs ne peint-elle pas les différentes impressions que lui fait éprouver le sort des Armes ? Ses pleurs sur la tombe de son Amant, arrachent les nôtres. Que j'aime à lui entendre dire à cet Amant couvert de poussière, de cicatrices, & des ombres de la mort, *ô jeune homme*, *que tu conserves encore de beautés !* mais falloit-il nous faire voir de *grosses larmes qui coulent sur la barbe épaisse des Guerriers ?* falloit-il dans un autre endroit faire une si longue peinture du Coursier de son Amant ? Un cheval que les Dieux nourrissent d'ambroisie, & dont les flancs répétent l'image du Soleil ; un cheval dont les narines ressemblent à deux ouvertures du Vésuve ; un Cheval dont les yeux brillent comme deux étoiles, dont

la crinière flotte comme la chevelure de
Bérénice, dont les jambes animées par
les Graces, jouent comme les enfans de
Flore, quand un Zéphir les agite. Con-
venez, Monſieur, que les Tableaux de
ces Poëmes ſont bien gâtés par les
puérilités, & les ſuperfluités qui les char-
gent. Vos compatriotes ſont encore loin
de ce goût épuré, qui chez eux ôteroit
des taches & des inutilités, & qui chez
nous ſouvent, affoiblit & diminue les
grandes beautés ; l'Auteur le plus exempt
des défauts que je reproche à votre nation, eſt Monſieur Utz : ſon Ode aux
Allemans, celle ſur la véritable grandeur
& ſa Théodicée annoncent un Philoſophe
aimable qui frappe le vice par amour pour
la vertu. C'eſt Anacréon armé des traits
de Juvénal. Mais faut-il trouver quelquefois, ici, les mémes choſes à con-
damner, *l'œil du Firmament, des chants
qui ſe réveillent & ont des aîles infa-
tigables, l'Aquilon ſecouant ſon noir*

plumage , préfentent des images fur lef-
quelles la critique doit imprimer le fceau
de la réprobation.

M. Utz dit encore dans une Epître :
Sous ces murs antiques je ne ferois point
fâché de trouver un jour mon nid , fi
quelque oifeau de bonne efpéce , gentil,
malin , lefte & tendre vouloit porter au
nid avec moi. Il ajoûte après en parlant
des femmes qu'il appelle un joli Peuple.
Le Dévot même en eft diftrait dans fes
méditations , & s'écrie : *Ah ! s'il n'y*
avoit point de femmes fur la terre , nous
ferions tous fauvés. J'aurois parlé des
Poëmes Anacréontiques de cet Auteur, fi
la crainte de faire une Lettre trop longue
ne m'avoit arrêté.

Il y a pourtant bien moins à reprendre dans vos Poëfies galantes & Philofo-
phiques. C'eft là votre partie brillante ,
parce qu'elles fupportent plus les détails familiers, & les peintures que vos
Auteurs étalent. Les Sujets qui excitent

moins l'enthoufiafme , fouffrent plus volontiers ces énumérations qui fuppofent
la tranquillité. L'imagination enflammée
peint d'un crayon vigoureux, & néglige les
petits traits. La Poëfie paftorale me paroît
fur-tout le genre triomphant de vos
Auteurs, ils y excellent par la raifon que
les defcriptions qu'ils aiment tant à faire
font plus conformes à la nature de ce
Poëme. Qui ne lit avec plaifir les Poëfies
paftorales de Gefner ? Les Idyles facrées
de Schmidt offrent cette fimplicité refpectable dont l'Écriture Sainte nous a
tracé des Tableaux fi touchans. Je penfe
que vous l'emportez fur nous dans cette
partie , que la franchife de vos mœurs,
l'habitude qu'ont vos Écrivains de vivre
à la campagne , & peut-être l'enfance de
votre Poëfie , vous mettent à portée de
mieux traiter. Je fais que vous avez eu
quelques bons Poëtes, à commencer par
Opitz , qui fut le Légiflateur de votre
Poëfie, mais il faut convenir en même-

temps qu'elle n'a pris une certaine con-
fiftence que depuis Haller. Ce peu de
temps écoulé me fait croire qu'elle n'a
pas encore ce degré de maturité, qui rejette les ornemens fuperflus, on pourroit lui appliquer ces mots d'un Poëte
Latin.

Micant colores
Albus, & Venetus, virens, rubensque &c.

Enfin je ne puis me retracter fur le reproche que j'ai fait à vos Auteurs, de trop
détailler & de prodiguer les embelliffe-
mens. Un Poëte doit être Peintre & non
Décorateur.

La Juftice m'avertit de parler de vos
Dityrambes, Odes qui ont le plus le
caractère pindarique. Il faut avouer
qu'elles vont par cette impulfion rapide
qui eft la vie de ces Poëmes. L'idée
de chanter les Héros lorfque les fureurs
de Bacchus agitent le Poëte, me paroît
bien affortie à l'infpiration néceffaire à

M iv

l'Ode. Celles fur la guerre, fur Jean
Sobiefki, & le Roi de Pruffe offrent le
défordre des Bacchantes lorfqu'elles célé-
broient les Fêtes de leur Dieu. Mais ces
Poëmes quoique beaux en général, ont
cependant plus de délire que d'enthoufiafme, renferment des comparaifons ufées,
des chofes obfcures, d'autres qui font communes & pourtant plufieurs fois répétées.
J'y vois plus l'ivreffe du génie que fes fublimes effets. Le Poëte a plutôt des con-
vulfions que des mouvemens. Il va par
fauts & par bonds, & n'a point une marche ferme & impétueufe comme Rouffeau,
& Malherbe. Telle eft, M. l'idée que j'ai
conçue de vos Poëtes lyriques, & qui m'o-
blige à les mettre au - deffous des nôtres.
Il n'en eft aucun parmi nous depuis Ron-
fard, qui ofât dire comme M. Gerftenberg,
chantant le vin, *que les Roffignols ivres vol-
tigent étourdis dans le feuillage & chantent
des airs à boire.* Aucun ne diroit dans une
Ode, la fumée du tabac paffant de mon

nés jufqu'à mon cerveau, y fait éclorre l'enthoufiafme. Quel délire de nous repréfenter les inventeurs des Arts faifant leurs découvertes à l'aide d'une pipe, & les Dieux s'abreuvant des milliers de fiécles de la fumée du tabac. C'eft là felon lui le feu que Promethée alla ravir au Ciel. L'Olympe n'eft qu'une tabagie perpétuelle. Telefphore Dieu du tabac a pour fceptre une pipe de la longueur d'une braffe. Il reçoit en facrifice la fumée qui fort des pipes de l'Orient, de l'Occident, du Midi, du Septentrion, & qui s'éleve jufqu'à fon nés. A côté de fon trône eft fa fœur Vefta qui fume comme lui, & le feu des Veftales n'eft que pour allumer les pipes. Je doute que le goût fourie jamais à de pareilles images. Sa critique pourroit bien s'exercer, Monfieur, dans vos Odes Anacréontiques. Aimeroit-il M. Gleim lorfqu'il fait dire à une Belle qu'il confole des outrages des Soldats. *Ah! fi tous les ennemis étoient auffi doux, auffi gracieux que* toi, *je n'aurois point de regret d'être moi-même pillée.* Aimeroit-il beaucoup ce qu'ajoûte cet Auteur ? *C'est ce que je fis. Je pillai la jeune fille.* Seroit-il flatté d'entendre dans le même Gleim, Eve qui, au moment de sa création, dit à Adam : *Petit Fou, regarde-moi, je suis faite pour jouer avec toi.* Loueroit-il dans M. de Kleist, la maladie & la mort guétant *celui qui passe ses jours avec la boisson des grenouilles.* Ne seroit-il pas blessé dans M. Veisse du propos de la petite Jeannette disant à un jeune homme qui lui donne un baiser. *Finis donc, ta barbe me pique.* Le dialogue de M. Zacharie avec un nuage lui plairoit-il mieux ? Enfin ce goût ne seroit-il pas choqué de voir dans M. Lessing, *La mort qui prend un verre en souriant, & boit à la santé de sa cousine la Peste.* Cet Auteur lui paroitroit-il bien raisonner lorsqu'il dit : *S'il se trouve là-haut dans ces mondes habités, du vin & des Belles, pleurans de ce que pour y boire*

*le vin & pour y faire l'amour, le Ciel
n'a point de pont.* Ce souhait lui sem-
bleroit ridicule, puisque l'amour & le vin
se trouvent sur la Terre. Il seroit plus
indulgent pour M. Hagedorn en disant
toutefois qu'il n'a pas mis assez de déli-
catesse dans sa Phriné, assez de précision
dans le Mai, assez d'intérêt dans ses autres Poëmes. Quelques-uns échapperoient
cependant à la proscription. Oui, Monsieur, vous avez quelques chansons jolies
quoique dépourvues d'idées. Ce sont des
épis bien formés, qui n'ont pas de grains.
Vos Poëtes Anacréontiques ont souvent
tâché de prendre le ton des nôtres, mais
ils n'ont ni l'art de monter la lyre comme
eux, ni celui d'en tirer des sons aussi
agréables. Il semble qu'ils ne sentent point
cette volupté douce & vive qui s'égaye
entre l'Amour & Bacchus. Ils veulent
peindre, & ils ne mettent pas assez de
choix & de noblesse dans les nuances
qu'ils saisissent. Quand la mode de placer

des mouches fur le vifage eut paffé jufqu'aux femmes Mofcovites, elles en mi-
rent de très-larges, fouvent taillées en
arbres, en caroffes, & quelquefois en
maifons.

Voilà, Monfieur, ma façon de penfer que
je ne prétens pas donner pour loi, parce
que je fuis fujet à l'erreur. Mais l'article fur
lequel je ne crains point de me tromper,
eft celui de vos traductions qui doivent
vous affurer l'eftime de ma Nation & de
la vôtre. J'ai l'honneur d'être.

LETTRE

Sur la nécéffité d'établir des Efpions du mérite.

A Monfieur L...

IL eft de mode, Monfieur, de rêver fur
les affaires relatives au Gouvernement, &
de propofer fes rêves. Je vous envoie

le mien. Si vous croyez qu'il doive être réalifé, il vous fuffira de l'appuyer auprès du fage Miniftre dont vous avez la confiance, & qui eft digne de vous avoir pour ami. J'ai penfé qu'il feroit avantageux d'établir des Efpions du mérite. Cette idée, direz-vous, auroit dû fortir du cerveau de l'Abbé de Saint Pierre, elle eft affez folle. Qu'importe, fi elle eft le germe d'un grand bien. Epier le mérite, le chercher dans la folitude où il médite, percer le voile de la modeftie dont il fe couvre, & le forcer à fe placer dans le rang où il pourroit fervir les hommes, feroit à mon avis un emploi utile à la Patrie & digne des meilleurs Citoyens. Ce feroit une branche de Police qui produiroit des fruits innombrables.

La récompenfe eft fans contredit le nerf de tout gouvernement, c'eft le mobile des grandes actions; la vertu la plus pure fe nourrit de l'efpoir de n'être pas oubliée. Mais la récompenfe tombe-t-elle toujours fur le mérite trop modefte & trop peu courtifan pour la briguer ? D'ailleurs, s'il eft ignoré, comment le canal des graces pourroit-il être ouvert pour lui ? Et s'il n'aime pas à fe produire, ne feroit-il pas fage de trouver des moyens de l'arracher aux ténébres qui l'entourent? Quand il fera connu, ne fervira-t-on pas la Patrie en le fervant lui-même. Il n'eft que trop vrai que les faveurs vont au-devant de ceux qui les cherchent & en font indignes. Les détours, les fouplefles, les intrigues ont toujours été le partage des hommes médiocres. Si le mérite aimoit plus à fe montrer, je le comparerois à une belle femme qui attend les hommages & les reçoit fans étonnement. Je dis plus, à l'afpe&t des défordres qui bouleverfent la Société, il contracte une indifférence ftoïque qui lui fait repouffer l'occafion d'être utile. Combien de talens perdus, parce qu'on n'a pas cherché à les mettre en valeur ? Tel qui paffe fes jours dans la contemplation de la vérité, auroit confacré fes travaux au bonheur de l'Etat, fi l'on avoit été plus prévoyant. Seroit-il donc ridicule d'établir des gens vigilans qui occupés à découvrir les hommes de mérite en rendroient compte au Gouvernement qui les placeroit? Si ce projet eft abfurde il faut en plaifanter les Peuples anciens les plus fages. A Athenes, les Archontes, à Rome, les Centurions n'étoient pas bornés à obferver les actions qui méritoient d'être punies, ils faifoient attention encore à celles qui étoient dignes de récompenfe : des mefures auffi fages préparoient des héros pour la Patrie, enfantoient des talens & des vertus. L'homme de mérite n'avoit pas befoin de chercher des protecteurs qui humilient prefque toujours ceux qu'ils élevent. Il étoit affuré qu'on lui épargneroit les frais de l'intrigue dès qu'il avoit fait ceux du travail. D'ailleurs on protége foiblement où chaque homme eft fon propre centre auquel il rapporte tout.

Le fublime Montefquieu a dit que les accufations publiques font conformes à la nature du Gouvernement Républicain, parce que le zéle du bien public eft la premiere paffion des Citoyens. Cette paffion deviendra auffi l'ame du gouvernement monarchique, fi on adopte ie projet que je propofe. Quand les récompenfes feront fures, & bien diftribuées, quand l'homme vertueux & obfcur ne craindra pas que la médiocrité infolente lui enléve une place qui lui eft due, l'amour de la patrie s'établira, ce feu facré fe communiquera à tous les membres, l'émulation feule régnera, & les grandes chofes feront l'unique but de tous les Citoyens. Il faut donc rechercher avec foin ceux qui pourront être utiles, & qui n'ofent fe montrer, il faut déférer au Gouvernement ; ceux qui peuvent le fervir; le bel emploi, que celui d'accufer les gens d'être vertueux & éclairés, & de les forcer à rendre compte

de leurs vertus & de leurs lumières !
quel siécle que le nôtre ! c'est celui de la
politesse & des agrémens, l'homme aimable
a tous les talens, le ridicule est le
seul vice que nous connoissons. Où est l'ame
sensible qui ne gémit point des désordres
qui inondent la société, il nous faut des
exemples de bonnes mœurs, toujours
plus éloquens que les plus belles leçons,
vous les aurez ces exemples respectables,
en prenant les moyens que j'indique.

La vertu ignorée & inutile est peut-
être le plus grand mal d'un État,
outre le bien qu'elle pourroit faire,
elle seroit une digue contre les vices.
Comment dans un Gouvernement sage,
sous le régne d'un Roi qui ne veut
que le bonheur de ses Peuples, un pareil projet ne prendroit-il pas faveur ? Seroit-il impossible de l'exécuter ? Charle-
magne ne créa-t-il pas des Officiers,
des *Envoyés Royaux* dont l'emploi étoit
de parcourir les Provinces, d'y obser-

ver le mérite & d'en informer le Monarque? Louis XIV qui croyoit que les Lettres pourroient jetter quelque éclat sur le Trône, ne faisoit-il pas rechercher avec soin non seulement en France, mais dans les Pays étrangers les hommes qui pouvoient le mener au but qu'il s'étoit proposé? Il ne seroit question que d'étendre cette idée & de l'appliquer plus utilement pour l'État. L'Agriculture, & les Manufactures seroient sur-tout l'objet des soins des Espions du mérite. Dans les Villes & les Campagnes ils examineroient avec attention ceux qui pourroient concourir à perfectionner ces deux parties, sources des richesses solides. Pourquoi les Laboureurs ne sont-ils pas estimés & considérés chez nous comme dans la Hollande & l'Angleterre? Ne seroit-il pas avantageux de récompenser les nôtres par quelques honneurs qui en les encourageant, ne les arracheroient pas à leur condition? Ceux qui

cultiveroient le mieux les Terres & feroient les meilleures exploitations feroient
Juges de leurs Parroiffes exempts des
tailles, & leurs enfans de la milice. A
la Chine un Cultivateur fage & induf-
trieux, peut afpirer aux premieres places.
Dans les Manufactures & le Commerce
on chôifiroit les plus éclairés & les plus
vertueux pour les mettre à la tête de
ceux qui s'occupent de ces deux objets.
Lorfque des hommes qui exercent noble-
ment ces profeffions pourront prétendre à des diftinctions, ils ne s'aviferont
plus d'acheter dans d'autres conditions
des honneurs quils trouveront dans la leur.

C'eft un malheur pour l'État que
des hommes enrichis par le commerce
le quittent, & cherchent ailleurs pour eux
& leurs enfans une nobleffe qui devroit
être le prix de leurs travaux. Les grandes
entreprifes dont ils étoient capables font
anéanties. Le Gouvernement y perd beaucoup, parce qu'ils auroient peut-être ou-

vert d'autres canaux d'induſtrie & de richeſſe. Je deſirerois que les faveurs vinſ-
ſent plutôt accueillir les Arts utiles que les
Arts d'agrément, je voudrois qu'on n'ou-
bliât point ſur tout les hommes qui par de
nouveaux établiſſemens, de nouvelles fa-
briques, enrichiroient la Nation en fai-
ſant couler chez elle l'Or de l'Étranger ;
mais comment aurons-nous des hommes
capables d'inventer ou de perfectionner ?
C'eſt en les étudiant dans leurs opérations,
& en les récompenſant d'après l'examen
de leurs talens. Voilà donc, Monſieur, la
néceſſité des Eſpions du mérite bien éta-
blie ; puiſqu'il en reviendroit un grand
avantage à l'État. Les mœurs y gagne-
roient, parce que la vertu miſe à ſa place
auroit des admirateurs & des proſélites,
en même temps qu'elle ſeroit la condam-
nation & la terreur du vice. Les talens y
trouveroient un principe de vie, les eſprits s'exciteroient, & cette fermentation
animeroit les Arts, en reculeroit les

limites , les Artiftes ne perdant plus leur
temps à fe ménager des protecteurs par
des foins qui énervent le génie , fe
livreroient entiérement à leurs travaux ,
s'en occuperoient avec plus de plaifir ,
parce que les faveurs ne feroient plus
l'ouvrage de la cabale & des brigues.
La population s'étendroit davantage par
les encouragemens donnés aux Manufactures & à l'Agriculture. Les conditions
qui font près de la Nature font celles qui
fourniffent le plus de Sujets à l'Etat, parce
qu'elles connoiffent moins les befoins
d'opinion. Mais il faut en éloigner l'indigence. Quand ces claffes de Citoyens feroient accueillies , les mariages fe multi-
plieroient en proportion de leur bien-être.
Je ne puis m'empêcher d'exhorter ici les
Écrivains à faire valoir les Arts utiles , à
peindre furtout la fituation des Laboureurs & les fecours qu'ils attendent. Qu'ils
nous préfentent leurs chaumières que la
mifère habite & remplit de fes plaintes ,

& l'humanité me dit que les larmes cou-
léront des yeux de tout bon Citoyen.
C'eſt à des objets relatifs au bien public
qu'il faudroit conſacrer la Poëſie & l'Éloquence. L'art d'émouvoir les paſſions des
hommes devroit être celui de les rendre
heureux.

Je ne ſcais quelle erreur a accrédité
le préjugé qui prétend que les gens de
Lettres ne ſont pas propres aux affaires
d'Etat. Ne ſeroit - ce pas l'orgueil des
Grands qui a craint leur ſupériorité ,
& la vanité des riches qui a voulu les
faire ſervir à leurs amuſemens ? Pourquoi
des hommes accoutumés à réfléchir & à
méditer , pourquoi des hommes inſtruits ,
pleins de la nobleſſe & de l'humanité
qu'inſpirent les Lettres, ne rempliroient-ils
pas les plus belles fonctions ? Le génie
de Corneille auroit-il été déplacé dans
la ſphère de la politique ? Les Anglois ſont
bien éloignés d'adopter de pareilles idées ;
Prior , Adiſſon & tant d'autres ont été

élevés aux postes les plus honorables.
Un flambeau doit être placé dans un lieu
éminent, pour mieux répandre sa lumière.
Combien de gens occupés d'un genre de
travail paisible, ont peut-être un génie
décidé pour les plus grandes choses. Il
s'agiroit d'aller à la découverte de leurs
talens, & d'en tirer un meilleur parti.
Mais quand je parle des talens, je veux
que les mœurs les accompagnent toujours : l'homme le plus habile ne diri-
gera point ses travaux vers le bien public s'il n'a pas le cœur droit & honnête.
Le génie est un fléau quand il ne marche pas avec la vertu, l'union de la
morale & de la politique est d'ailleurs le
fondement de la véritable puissance.
Les Espions dont je parle feroient attentifs
à démêler les talens & la probité, quand
ils auroient découvert des hommes de mérite, ils auroient de fréquens entretiens
avec eux, les feroient parler sur leurs arts.
Pour cela ces Espions feroient des gens

éclairés, intégres & pénétrans pour connoître le degré des talens des autres, & à quoi on pourroit les employer. Je ne pense point qu'on puisse douter des avantages que produiroit ce projet, s'il étoit rempli. Les hommes dans chaque condition redoubleroient leurs efforts pour s'attirer les faveurs, chacun auroit une idée élevée du talent qui l'occupe, & cette idée noble est la mere des belles choses. Une profession que le préjugé prive de toute marque de considération ne peut avoir que des esclaves pour l'exercer. Eh de quoi sont capables des hommes que l'opinion enchaîne, ils ne peuvent avoir des pensées grandes, parce que tout les avertit qu'ils ne sont que les machines du faste & de l'orgueil. Enfin, c'est sur l'amour que chacun a pour son bien-être, que doit être appuyé le principe de toute législation. C'est du choc des intérêts particuliers, sagement dirigés, que résulte l'intérêt général. En menant les hommes

hommes vers le bien de la patrie, il faut leur faire entrevoir le leur. C'eſt une politique prudente, elle eſt le ciment qui aſſure l'édifice de la félicité publique. Elle eſt conforme aux loix de l'Etre des Etres qui a voulu s'attacher les hommes par les motifs de l'amour, & de la récompenſe. J'ai l'honneur.

VERS, à *Mademoiſelle* FANIER.

L'AMOUR honteux que dans Paris
   On eût déſerté ſon empire,
Se déſoloit, & ſes charmes flétris
N'étoient plus animés des graces du ſourire;
Pour diſſiper l'ennui qui voiloit ſes beaux yeux;
Il vole au Temple, où moderne Thalie,
Fanier nous échauffant du feu de la ſaillie,
Mène en leſſe de fleurs les plaiſirs & les jeux.
   Auſſi-tôt qu'il la voit paroître
Comment, dit-il, ſerois-je encor le maître?
Ah! mes Autels ſeront long-temps déſerts!
   De cet enfant empruntons la figure
Je vais me rajeunir, aux yeux de l'Univers;
Et plus folâtre avec moins d'impoſture,
Badiner les Mortels en leur donnant des fers,

N

REFLEXIONS

SUR l'Héroïde, & les Auteurs qui écrivent sur l'Amour.

JE ne suis pas étonné que l'Héroïde exerce les talens de nos jeunes Poëtes. C'est un Poëme consacré à l'Amour, & les premiers fruits d'une Muse sont toujours des sacrifices à ce Dieu. Ce genre accueilli chez les Romains, semble prendre faveur parmi nous. Quelques Auteurs s'efforcent de le faire reparoître avec l'éclat dont Ovide l'avoit autrefois embelli. Mais lui donneront-ils un crédit solide & durable ?

Si ce Poëme n'a pour objet qu'un amour langoureux & gémissant, il ressemble à l'élégie, & ce rapport le proscrira parmi nous. S'il se borne à peindre un Amour constant quoique sans espoir, il ne fera point de sensation. Cet Amour n'é-

xifte plus que dans nos anciens Romans.
Que les Amans que l'Héroïde fait parler
foient enflammés d'une paffion délicate,
mais combattue par de puiffans obftacles,
c'eft de ces combats qu'elle fera partir ces
traits rapides qui pénètrent le cœur, l'in-
téreffent en le déchirant. Le choc des paffions lui fournira des fituations & des
momens qui arrachent nos larmes. Loin
d'elle les fadeurs d'un amour tranquille &
conftant, quoique malheureux. Quelle impreffion peuvent faire fur notre ame ces
vers de voiture !

Je bénis mon martyre, & content de mourir.
Je n'ofe murmurer contre fa tyrannie.

Nous aimons mieux être vivement ébranlés que mollement attendris. L'Héroïde
doit tracer avec un crayon de feu l'amour,
fes malheurs, fa jaloufie, fon défefpoir.
Elle peut nous offrir en petit les mêmes
tableaux que Melpomène. Qu'elle fe nour-
riffe de pleurs & s'arme comme elle d'un
poignard. C'eft de l'ame que s'élancent les

flammes de l'amour. Mais trop souvent
on prend l'enthousiasme du Poëte pour
celui de la passion. Une larme du cœur
est préférable aux agrémens du Bel-
esprit.

Vous n'avez jamais aimé, vous qui ne
savez que faire badiner le plaisir. Vous
peignez un amour malheureux, désolé,
& vous placez à côté de lui les ris & les
jeux. Vous me représentez une Amante
infortunée, & vous la faites soupirer avec
grace. Phèdre & Bérénice repoussent même
l'art qui voudroit les occuper de leur
parure. Si vous n'avez jamais tremblé de
perdre votre Maîtresse, exprimerez-vous
les rigueurs de l'absence, ou les tourmens
que cause une infidélité. Si vous n'avez jamais connu les larmes de l'Amour, est-ce à
vous à le crayonner ? Rendrez-vous même
les délices de la tendresse, si vous n'avez
jamais baigné de vos pleurs la main d'une
amante qui vous sourit ? L'Heroïde ne peut
nous intéresser qu'autant qu'elle fait passer

dans nos cœurs les tranſports de l'amour vivement ſenti & fortement exprimé.

Si pour nous attacher il faut exciter nos paſſions, il faut les peindre des couleurs qui leur ſont propres. Pourquoi parer l'Héroïde, les ornemens n'annoncent pas la douleur & le déſeſpoir. Un Peintre repréſenteroit-il Médée, ſe couronnant de fleurs dans la ſituation la plus terrible? Les comparaiſons ingénieuſes, les deſcriptions brillantes ſont déplacées dans ce genre de Poëſie. Ovide ne me touche plus dès qu'il veut montrer ſon eſprit. On trouve quelques endroits de paſſion dans ſes Héroïdes, mais quels détails & quelles longueurs ne faut-il pas eſſuyer? Médée à Jaſon, Didon à Enée, ne répondent point en général à l'idée qu'on a de ces deux Amantes; cette dernière n'intéreſſe point comme dans Virgile qui lui a prêté le langage ſimple & brûlant qu'inſpire un cœur enflammé. Didon dans Ovide ſoupire

avec finefle, répéte fans cefle à Enée que
le temps ne lui permet pas de s'embarquer.
Médée raconte les fervices qu'elle a
rendus à Jafon , & n'exhale point des
tranfports furieux. Héléne fait des gé-
néalogies , loue Pàris , & fe vante elle-
même. Ovide n'étoit que galant ; s'il a
faifi quelquefois les traits de la paffion ,
il les a embellis par les ornemens que lui
prodiguoit fon imagination. Mais je dois
être occupé du Perfonnage & non du
Poëte. Un Amant accablé fous le poids
de fon malheur ne fe proméne point
dans des Jardins rians , il n'aime que les
rochers & les déferts , images de l'horreur qui régne dans fon ame. En vain
on me dira qu'il faut ménager des repos
au Lecteur , ce n'eft pas ici le lieu. Le
Poëme n'eft pas fort long. D'ailleurs tous
ces repos ne font que des appuis à la foibleffe des Auteurs. Enfin fi l'Héroïde fe
repofe , que ce foit ou fur des tombeaux
ou fous des cyprès.

La plupart des Poëtes qui peignent l'Amour n'en puisent les traits que dans une imagination échauffée ; ils prennent sa flamme pour celle du cœur. Faut-il s'étonner s'ils ne rendent pas le vrai caractère de cette passion ? Un langage brillant n'est pas le sien. L'esprit étouffe le sentiment. Est-ce le cœur qui inspire Sannazar lorsqu'il fait dire à un Amant malheureux, qu'il ressemble au Nil & à l'Ethna ? Est-ce lui qui guide un Poëte Anglois lorsqu'il assure que le feu des regards d'une Belle est tel que la Zone torride ? Est-ce le cœur qui enflamme Guarini lorsqu'il compare les soupirs d'une ame embrâsée à des vents impétueux qui augmentent l'incendie, apportent les tempêtes de l'Amour, les sombres nuages des douleurs & des pluyes de larmes ? Est-ce enfin le cœur qui parle dans un de nos Poëtes, lorsqu'il dit d'un Amant :

Du vent de ses soupirs sécha toutes nos fleurs,
Grossit tous nos ruisseaux du torrent de ses pleurs.

Si le Poëte dans l'Héroïde doit rejetter les comparaisons & les images brillantes, il ne doit pas non plus présenter de petites idées. La passion & le génie ont une autre marche. Qu'il n'aille pas, imitant les Bergers de Fontenelle, emprunter leur style froidement précieux que ce Bel-esprit a transporté aussi dans ses Héroïdes. Flora à Pompée nous offre l'état tranquille d'une Amante abandonnée qui se plaint avec art de son Amant. Les autres ne sont que de fades Elégies d'un amour sans transports. Ce n'est pas ainsi que quelques-uns de nos Écrivains ont traité l'Héroïde? Ils lui ont donné une force & une mélancolie sombre qu'elle n'a pas chez Ovide. MM. Colardeau, Dorat, Blin de Sainmore, Barthe se sont distingués dans cette partie. M. de la Harpe a cru que ce genre pouvoit manier l'ambition, la politique, l'amour de la patrie; ses héroïdes ont appuyé son sentiment. Mais l'amour est 'e véritable élément de ce Poëme, & les

Écrivains qu'il exerce n'y réuffiront qu'en puifant leurs couleurs dans une ame paffionnée. Qu'ils ne perdent point de vue la nature & les bien féances. S'ils peignent fur-tout un amour tendre, ingénu, cet amour qu'exprime Mlle Doligni fur le Théâtre, avec ce caractère de vérité, de décence & d'honnêteté qu'elle a dans le cœur, & qui la rendent chère au Public, & refpectable à ceux qui la connoiffent.

Une attention que n'ont pas ceux qui font parler des Perfonnages amoureux, c'eft d'envifager le climat. Il eft certain qu'il varie les mouvemens du cœur chez tous les Peuples. S'ils ne les fentent pas de la même manière, doivent-ils fe reffembler dans celle de les exprimer? La différente façon de s'habiller indique la différente façon d'aimer. Mais fans appliquer ce principe à des Nations qui le prouveroient dans la rigueur, il eft fûr qu'une femme Portugaife eft embrâfée des feux qui échauferoient à peine une Suédoife.

Ce qui excite des defirs violens dans une Provençale, n'eſt qu'une affaire de goût pour une Parifienne. D'ailleurs celle-ci diſtraite par des Spectacles & des jeux qui la mettent dans le cas de ſe montrer fouvent, doit avoir plus de coquetterie que d'ardeur. Ces confidérations plus ou moins étendues devroient guider le pinceau d'un Auteur, & le jeu d'un Acteur. J'ai entendu dire à des perfonnes d'efprit que Mlle Duranci mettoit trop de charge dans le role de Roxelane de l'Acte de Turquie, pourquoi ne pas voir qu'elle doit rendre la fureur d'une Amante abandonnée, d'une Amante qui eſt d'un Pays, où l'amour plus vivement ſenti, déploye plus de violence s'il eſt outragé. La vanité qui furtout dans les femmes ajoute à la tendreſſe, doit encore augmenter le défefpoir de Roxelane, puifqu'elle perd ſa grandeur avec ſon Amant. Cette Actrice porte au comble la paſſion que le Poëte n'a fait qu'indiquer. Elle ne paſſe les bornes que pour des cœurs froids & indolens ; qui doivent regarder comme des extravagances les tranſports d'Oroſmane dans M. de Voltaire & ceux de Roxane dans Racine. Tels ſont les tranſports qui caractériſent l'Héroïde. Elle pourroit faire revivre cet Amour qui animoit nos anciens Chevaliers, cet Amour qui étoit le mobile des plus grandes actions. Une Belle écrivant à ſon Amant qu'il ne peut être heureux qu'autant qu'il aura battu les ennemis de la Patrie, qu'autant qu'il reviendra maître d'une place utile à l'État, nous intéreſſeroit vivement. Ce ſeroit le moyen d'ennoblir ce ſentiment qui depuis que la Fontaine crioit *Amour eſt mort*, &c. eſt devenu un goût frivole ou une affaire de commerce.

Les Auteurs Érotiques ont preſque toujours plus mal crayonné l'Amour délicat & timide, que celui qui s'élance vers la poſſeſſion. C'eſt que la Nature nous a formés pour le dernier, & que l'autre eſt l'ouvrage de notre vanité & & de la pu-

deur coquette des femmes. La Marquife
de Lambert qui a cherché à fi bien établir la Métaphyfique de l'Amour, laiffe
de temps en temps échapper des réfléxions qui renverfent cet édifice idéal. Ce
fyftême qui n'admet que la paffion épurée,
ce fyftême que nous devons à l'éducation
fauffe que l'on donne au beau Séxe, n'a
jamais eu que des Panégyriftes qui n'y
croyent pas & des Profélytes dont la
conduite le dément. C'eft fur cette idée
fantaftique qu'ont été bâtis tous ces Romans volumineux où il y a bien moins
d'amour que dans une page de Catulle.
Nous aimons parce que nous defirons;
voilà fur - tout la fource de cette jaloufie qui flatte une Amante, puifqu'elle eft affurée par-là de fon triomphe; de cette jaloufie qui annonce moins
la tendreffe que l'orgueil quand on n'a
pour but que la jouiffance. C'eft dans le
cœur & les fens enflammés à la fois qu'eft
le foyer de l'Amour. C'eft là que l'Héroïde viendra puifer ces traits qui ex-

priment les plaisirs, les allarmes & le
désespoir des Amans. Si elle offre à mes
regards une victime du Dieu qui fait
aimer, elle ne lui fera point dire des
choses ingénieuses ; ni faire des descriptions brillantes & détaillées. La gaîté
peut avoir ces vives couleurs. Mais la
tristesse est le partage des cœurs bien
épris, à plus forte raison s'ils sont tour-
mentés. Pourquoi donc ces ruisseaux
qui coulent avec un doux murmure, &
se jouent dans les prairies ? pourquoi ces
Zéphirs qui folâtrent à travers les feuillages parfumés ? Renversez-moi ce trône de
verdure il ne doit être élevé que pour les
Amans heureux. Mais celui qui gémit
des rigueurs de l'absence, celui que déchirent les tourmens que fait éprouver
une infidélité, n'aime que les sombres
forêts. Il ne trouve des délices que dans
ses peines. S'il rappelle son ancien bonheur, ce n'est qu'un instant de lumière
qui en éclairant l'abîme dans lequel il
est plongé, en redouble l'horreur.

LE BONHEUR DES PEUPLES,

ODE

A MONSEIGNEUR LE DAUPHIN.

Qui lui a été présentée par l'Auteur.

Rempli du feu sacré que Minerve m'inspire,
Je vole dans son Temple, & je monte ma lyre
  Pour l'oreille des Rois.
J'éveille sous le dais leur superbe molesse ;
Leur Palais tressaillit, & leur Sceptre s'abaisse
  Aux accens de ma voix.

Ils étalent en vain l'éclat du Diadême.
Sur eux, du haut du Ciel, le Monarque suprême
  Versa quelques rayons.
Mais de notre bonheur ils lui doivent l'hommage :
S'ils trahissent nos droits, ils ont souillé l'image
  Qu'il traça sur leurs fronts.

Il leur dit : c'est pour vous que j'ai créé les peines.
Si du Monde soumis je vous prête les rênes,
  C'est pour vous enchaîner.
Le bruit de la grandeur n'est qu'un son qui s'envole :
C'est le bonheur public qui lui seul vous console
  Du malheur de régner.

Si des gouttes de miel tombent dans le calice,
Monarques, votre cœur en doit le sacrifice
   Aux Peuples, votre appui.
Tel, le vaste Océan, laissant filtrer ses ondes,
Les adoucit, & garde, en ses grottes profondes,
   L'amertume pour lui.

     ✻

O Prince, ô de l'Etat l'Amour & l'Espérance,
Docile à ces leçons, vois la carrière immense
   Qui s'ouvre devant toi.
Si tu portes un jour le poids du Diadême,
Songe qu'un Peuple heureux croit adorer Dieu
même
   Sous les traits d'un bon Roi.

     ✻

VIENS, entre dans ce Temple, où brillent tes
Ancêtres,
Vois-tu la France, assise à côté de ses Maîtres,
   T'offrir ses Protecteurs ?
HENRI jette sur toi des regards de tendresse.
Ah ; répéte son nom, c'est un cri d'allégresse
   Qui répond à nos cœurs.

     ✻

OUI, ce nom seul t'échauffe ; il aggrandit ton ame,
La gloire qui t'observe, applaudit, te proclame.
   Son Enfant bien-aimé,

Louis accourt, t'embrasse; il te donne ses armes,
Et, ses douces vertus coulent avec ses larmes
    Dans ton sein enflammé.

Si le Dieu des combats défioit ton courage;
Et t'appellant un jour dans les champs du carnage
    T'inspiroit ses transports,
Le front ceint de lauriers, gémis de la victoire;
Et descends de son char qui ne mène à la gloire,
    Qu'en roulant sur des morts.

Le désastre d'un Peuple, ô Rois, est votre crime;
Laomédon coupable entraîne dans l'abime
    Ses Sujets malheureux:
Des Sépulcres ouverts ils percent les ténébres,
S'élévent de leur tombe & par des cris funébres
    Le dénoncent aux Dieux.

Mais souvent, quand l'Etat penche vers sa ruine,
Par vous, adulateurs que l'intérêt domine,
    Le Monarque est trompé;
Vous qui pouvant servir au bonheur de la Terre,
Sur les degrés du Trône allumez le Tonnere
    Dont le peuple est frappé.

TREMBLE, cher Prince, fuis : fuis un trompeur
   hommage.
La Flatterie approche, & t'offre un doux breuvage
      Dont la vapeur t'endort.
Mais ton Père paroît ; & sa main vengeresse
Fait tomber à tes pieds la coupe enchanteresse
      Qui renfermoit la mort.

⁂

IL te dit : ô mon fils, mon fils, qu'allois-tu faire ?
Mérite des amis dont le regard t'éclaire ,
      Et guide tes projets.
Tu les reconnoîtras à cette auguste marque ,
S'ils osent quelquefois, s'opposant au Monarque ,
      Défendre les Sujets.

⁂

C'EST au milieu des champs, au sein de la misère,
Qu'un Roi commence à l'être , en devenant le Père
      Des tristes Laboureurs :
Il les voit ces Mortels, dont les bras l'enrichissent,
S'arracher, pour nourrir leurs enfans qui gémissent,
      Un pain trempé de pleurs.

⁂

TON cœur fera, mon fils, ce que le mien desire.
Dès que tu vis le jour, dans ton premier sourire,
      Tu peignis la bonté.

Je m'en souviens encor : dans mon ame attendrie
Une voix te nomma Père de la Patrie
  Et de l'humanité.

 Roi des Cieux, m'écriai-je, exance ma pr ère,
Que mon fils des vertus remplisse la carrière,
  Et soit digne de toi.
Entoure-le, grand Dieu, de ta bonté féconde.
Si je ne l'ai reçu pour le bonheur du Monde,
  Est-ce un présent pour moi ?

 Que l'exemple est puissant, alors qu'il part
  du Trône !
L'image des vertus te suit & t'environne,
  Au sein de ta grandeur.
Va puiser tes leçons dans les yeux de mon Père :
Fais l'orgueil de la Reine, & console ta Mère,
  En lui rendant mon cœur.

 Le Héros disparoît, un rayon sur sa trace,
Resplendit, me pénétre, échauffe mon audace
  D'une sainte fureur.
Quel brillant avenir pour moi s'ouvre & commence!
Je vois Clotho sourire & filer pour la France
  Des Siècles de bonheur.

BELLONNE en vain rugit : la Justice l'enchaîne,
Au milieu des drapeaux de la victoire hautaine
    S'assied sur nos remparts.
Les mœurs servent de loix & doublent le courage;
L'Olive croît, s'éléve, & prête son ombrage
    A la Troupe des Arts.

PARMI l'or des guérets, la riante culture,
Les mains pleines d'épis, enrichit la Nature
    Docile à ses travaux.
Un canal à ses pieds se partage & s'épanche,
De l'Etat plus robuste il nourrit chaque branche
    Du tribut de ses eaux.

Mêle à mes chants sacrés tes concerts d'allégresse
Peuple ami de tes Rois, de larmes de tendresse,
    Cours baigner les Autels.
Des trésors de l'Etat la Justice dispose,
Et le temps désarmé s'arrête & se repose
    Sous tes lis immortels;

FIN.

TABLE
DES MATIERES

Contenues en ce Volume.

ERRATA.

Page xxxiv du Discours sur l'Ode, *ligne* 16, *lisez*, Dans les premieres il ne doit.

Page 64, sixiéme-vers, S'uniront, *lis.* Surviront.

Page 73, neuviéme vers, met, *lis* Mars.

Page 83 : seiziéme vers, l'aurore, *lis.* l'amour.

Page 85, septiéme vers, épais, *lis.* épars.

Page 113, huitiéme vers, L'intérêt d'un barbare *lis.* L'intérêt Dieu barbare.

Page 25, du Discours sur l'Ode, *ligne* 14, Il faut ôter la lettre a avant l'esprit.

Page 25 du même Difcours, *ligne* 10, *lif.* Ce
Sujet ne fourniffant, & ôter le point qui eft
après images.

Page 28 du même Difcours, *ligne* 12, *lif.* Cette
partie ne domine pas chez lui à la verité, parce
que.

Page 16., du même Difcours, *ligne* 15, *lif.* hors
le François.

Page 112, *ligne* 14, vers embrafe, *lif.* embraffe.

Page 142, *ligne* 8, vers les Dieux, *lif.* ces Dieux.

Page 106, vers 12, Si vous êtes, *lif.* Si vous étiez.

APPROBATION.

J'AI lû, par ordre de Monfeigneur le Vice-Chan-
celier, un Manufcrit, contenant *des Odes Nouvelles & autres Poëfies;* & je n'y ai rien trouvé
qui m'ait paru devoir en empêcher l'impreffion.
A Paris, ce 10 Mai 1766.

DELAGARDE.